Pensaré en tu

Glòria Llobet

ESPURNA
bromera

Per a l'Álvaro,
amb gust de mar

1

Els darrers dies del curs havien estat més que durs. La tensió causada pels exàmens propiciava, a casa, les discussions per qualsevol nimietat. L'equilibri habitual sempre semblava a punt de trencar-se, com si hi hagués, flotant en l'ambient, el detonant d'una agressivitat que es podia materialitzar en qualsevol moment.

Haig de reconèixer que la mare té molta paciència i que sap exercitar aquesta virtut, especialment en moments crítics, com era el cas. Les meves queixes entorn dels dinars o sopars que ens preparava li relliscaven com si ella no tingués res a veure amb l'excés de calories que em feia empassar-me. Tampoc no semblava sentir les baralles verbals que teníem en Jordi i jo per raons absurdes que ja ni recordo. Però no va saber encertar el moment adequat per a donar-nos la notícia que ens capgiraria l'estiu. L'endemà tenia l'examen final de matemàtiques i estava al punt de la histèria després d'haver passat la tarda estudiant. D'altra banda, en Jordi havia començat a fullejar uns apunts d'un tal Carles que s'havia fotocopiat aquell mateix dia i estava que mossegava perquè, segons va dir, ningú hauria pogut creure, en contrastar els apunts de l'un i de l'altre, que havien assistit a les mateixes classes i amb el mateix professor.

La mare, com si visqués en un altre món, va interrompre els nostres comentaris entorn dels exàmens de l'endemà i va anunciar-nos, engrescada:

—He rebut una carta de la Berta, avui. Em demana si pot enviar-nos la seva filla Aline a passar un mes amb nosaltres...

La Berta és una cosina llunyana de la mare que es va casar amb un francès. Ni en Jordi ni jo no la coneixíem, només havíem sentit a parlar d'ella en alguna ocasió. I de l'Aline ni tan sols això: no sabíem ni que existís.

En Jordi i jo ens vam mirar i, com si ens haguéssim posat d'acord, vam afusellar la mare amb les nostres protestes:

—Què? Això sí que és tenir morro!

—Quina barra, convidar-se així, sense més ni més!

—No deus pas pensar dir-li que sí, oi? Només ens faltaria haver de suportar una francesa repel·lent, aquest estiu!

La mare ens va deixar dir i després, quan vam

acabar d'al·legar en contra de la vinguda de la cosina francesa, va tancar el tema:

—Ja està tot arranjat: he parlat per telèfon amb la Berta i li he dit que estarem encantats de tenir l'Aline entre nosaltres. Arribarà el dia dos de juliol.

Després de les seves paraules es va obrir un silenci que no presagiava res de bo. Suposo que en Jordi, com jo, s'havia quedat de pasta de moniato i va necessitar temps per a recuperar-se i manifestar la seva opinió.

—És clar, és la filla de la teva cosina i no pots dir que no, tot el que vulguis. Però... a qui li tocarà carregar el mort?

—No deus pretendre que nosaltres la passegem amunt i avall durant tot el mes, oi? —vaig sumar-me a l'oposició del meu germà.

La mare, veient que el tema no anava per bon camí, va voler minimitzar-lo:

—Caram, nois, no em pensava que us ho agafaríeu així! Segur que l'Aline és una noia ben simpàtica... I un mes passa volant.

—Un mes! La meitat de les vacances, dia i nit, amb una francesa que, n'estic segura, deu ser un plom!

—A mi no m'hi emboliqueu... —en Jordi va començar a rentar-se les mans d'aquell assumpte—.

És segur que no li agradarà res del que jo faig: ni pescar, ni jugar a futbol...

En veure que em cauria al damunt tot el pes de la nena francesa, em vaig encendre com un misto.

—Ni parlar-ne, maco! Tu no te n'escaqueges així de fàcilment! No estic disposada a carregar amb ella jo sola, totes les hores del dia!

—Doncs ho sento molt, però no me l'emportaré enlloc, jo. Anant bé no deu saber ni nedar!

La mare, que no havia previst que la seva notícia tindria una acollida semblant, va acabar la discussió:

—Sou molt amables, tots dos, per acceptar de tan bon grat la vostra cosina —va dir ben irònicament—. Però no cal que us molesteu: ja me n'ocuparé jo. No serà pas pitjor que aguantar-vos a vosaltres...

Em vaig sentir una mica avergonyida, però vaig aixecar la barbeta, desafiant, en comptes d'acotar el cap com hauria hagut de fer.

* * *

Quan en vam començar a parlar em semblava que era fer un castell en l'aire i que mai no posaríem fil a l'agulla per tirar endavant el projecte. Però, un bon dia, la mare em va preguntar si volia anar-hi o no perquè era qüestió de moure's i jo vaig dir que sí, és clar que hi volia anar, sense rumiar-m'ho gens ni mica, no tant perquè en tingués moltes ganes sinó perquè no em semblava pas possible tirar endavant aquella proposta que la mare m'havia plantejat tantes vegades.

—Doncs avui mateix escriuré a la Marta. Espero que no tingui cap inconvenient...

No hi vaig pensar gaire més, la veritat, perquè no m'imaginava que tot fos així de fàcil.

La Marta era parenta de la mare i s'escrivien per Nadal i per l'aniversari, però poca cosa més. En una d'aquestes cartes, la Marta havia fet l'oferiment vague de tenir-me una temporada a casa seva. La mare m'ho va comunicar aleshores, però jo m'ho havia agafat com una mostra de cortesia més que no pas com una possibilitat real.

El cas és que la Marta va trucar a casa el mateix dia que va rebre la carta de la mare per tal de concretar la data de la meva arribada i quan vaig veure que la idea anava prenent forma ja era massa tard per a fer-me enrere.

Jo havia viscut tota la vida en un poble petit, a uns seixanta quilòmetres de París. Tret d'algunes escapades a la capital i dels desplaçaments a la costa atlàntica dels estius, no havia sortit del meu petit món. Quan em vaig enfrontar seriosament amb el fet que passaria tot un mes fora de casa, amb els parents desconeguts, vaig sentir, d'una banda, una mena de por absurda (por de perdre'm pel camí, de no estar a gust amb la família que m'acolliria, que no m'agradés el menjar, de sentir-me sola i sense possibilitat de tornar a casa...) i, de l'altra, una excitació extraordinària perquè se'm presentava una oportunitat única de conèixer món i gent nova, de viure en un país diferent, de passar unes vacances d'aquelles que s'expliquen amb entusiasme a les amigues.

Els darrers dies del mes de juny els vaig passar esforçant-me per deixar enrere les meves pors i engrescant-me amb la suposada bona fortuna que tenia. Em vaig voler informar, és clar, de quins eren els membres de la família amb qui em tocaria viure tot el mes següent, però els meus pares no em van aclarir gran cosa perquè feia molt de temps que no havien vist la Marta i no coneixien els seus fills.

—En Jordi és el gran i deu tenir... A veure, deixa'm pensar... deu tenir disset o divuit anys. La nena es diu Andrea i és un parell d'anys més jove, més o menys de la teva edat.

La darrera vegada que els meus pares havien vist la Marta i el seu marit va ser deu anys enrere, quan van fer un viatge pel meu país. Els seus fills eren petits aleshores i no els havien portat amb ells. La Marta i el seu marit, segons em va explicar la mare, s'havien divorciat feia cinc o sis anys.

Aquesta va ser tota la informació que vaig poder recollir de la família, a més d'aclarir-me tots els lligams de parentiu que, de fet, no m'interessaven massa.

El que vaig saber també, i no em va fer gaire gràcia, és que la Marta i els seus fills passaven l'estiu en un poble de la Costa Brava. A mi, el que em feia més il·lusió era viure un mes a la gran ciutat. No sabia, és clar, que la Costa Brava és una meravella i que el sol d'Espanya no es pot comparar amb el de Siouville...

* * *

No em venia gens de gust, però la mare va insistir molt perquè anéssim tots plegats a rebre la cosina a l'estació.

—Vam quedar amb la Berta que hi aniríem tots tres. L'Aline no té cap altra manera de reconèixer-nos.

Quan, dies enrere, la mare ens va informar que la filla d'una seva cosina llunyana vindria a passar tot un mes amb nosaltres, no em va fer cap il·lusió. Després de pensar-hi, però, vaig decidir que seria l'Andrea qui se n'hauria d'ocupar perquè, a veure, què podia tenir jo en comú amb una nena francesa? Ni tan sols no tenia el més mínim interès per millorar el meu insuficient coneixement de la llengua francesa...

Només sabia d'ella que es deia Aline i que tenia setze anys. La imatge que me n'havia fet no era gaire agradable: la imaginava baixeta, grassona i tan emprenyadora com la meva germana. No sé per quina raó em vaig fer d'ella una idea tan equivocada perquè, en definitiva, no tenia cap informació que justifiqués el retrat robot que me n'havia fet. Potser la imaginava poc agradable senzillament perquè havia rebut amb desgrat la notícia de la seva estada a casa. La veia com un element que venia a capgirar els meus costums d'anys, uns costums que em satisfeien i als quals no volia haver de renunciar per culpa de ningú.

De tota manera, ja havia parlat amb la mare i amb l'Andrea d'això: els havia dit que no comptessin amb mi per encarregar-me de la francesa perquè jo tenia les meves ocupacions estiuenques i no havia estat cosa meva, això de convidar forasters. Ni l'una ni l'altra van entendre les meves raons, és clar, i l'Andrea, a més, em va fer mala cara durant uns quants dies perquè a ella tampoc no li agradava gens la idea i pensava que, ja que no hi havia remei, almenys havíem de compartir la càrrega. Vaig passar olímpicament d'ella, cosa que ja estava habituat a fer.

Des del primer dia de juliol, però, ja vaig patir personalment els inconvenients d'aquella visita. Cada any ens havíem traslladat a l'apartament de Palamós a finals de juny, pels volts de Sant Joan. En canvi, aquell estiu, per culpa de la cosina, vam haver de quedar-nos a Barcelona fins a primers de juliol per anar a recollir-la a l'estació.

En això estàvem, esperant que arribés el tren, amb un humor més aviat pèssim tots plegats. Feia una calor enganxosa i bruta que omplia l'estació d'olors espesses. L'Andrea feia uns morros de pam perquè havia passat el matí a la perruqueria i no li agradava gens com li havien deixat els cabells. De fet, me'n vaig riure una bona estona perquè fer-li la guitza és una de les meves distraccions preferides. L'aspecte dels seus cabells ni m'anava ni em venia, però m'hi vaig abonar, dient-li que estava horrible, que el que havia de fer era canviar de perruqueria, que si fos ella em tallaria els cabells al zero perquè no hi havia altra manera d'arreglar el pentinat que li havien fet, i altres suggeriments semblants.

Quan va arribar el tren tots tres ens vam dedicar a endevinar quina d'aquelles persones que en baixaven era l'Aline. L'Andrea i jo no l'havíem vista mai i la mare no es podia recordar d'ella perquè la darrera vegada que l'havia vista era encara una nena petita i, naturalment, suposava que hauria canviat molt des d'aleshores.

—És ella? —em va donar un cop de colze l'Andrea, tot assenyalant-me una noia primíssima —un autèntic secall diria jo— amb un nas de lloro considerable.

—Espero que no!

—I aquella rossa? No us sembla que podria ser?

—No està gens malament! Ja m'agradaria que fos aquesta!

—Au, noia! Si almenys té vint-i-cinc anys! —la mare sempre ha estat inclinada a suposar edats a les persones.

Va ser ella qui ens va trobar a nosaltres perquè, tal com anava vestida i amb els cabells curts que duia, no hi vam parar atenció ja que semblava ben bé un noi. Venia de dret en la nostra direcció, somrient, carregada amb una maleta negra.

—Ei, la voilà! —vaig exclamar quan ja no vaig dubtar que era ella.

—Marta? C'est vous? —van ser les seves primeres paraules.

La mare va abraçar-la efusivament.

—Aline, com has canviat! Com t'ha anat el viatge? Estàs molt cansada?

La noia va començar a xerrar en francès a una velocitat de vertigen. No vaig entendre absolutament res del que deia. La mare va seguir-li el rotllo i, mentrestant, l'Andrea i jo ens vam sentir completament fora de joc. Passada una estona considerable, la mare ens va presentar:

—Voilà mon fils Jordi, voilà ma fille Andrea.

Jo anava per encaixar-li la mà, però ella em va plantar quatre petons, dos a cada galta. Va fer el mateix amb la meva germana.

—És la manera habitual de saludar-se a França —ens va explicar la mare i, adreçant-se a l'Aline, ara en català, va dir:— Els meus fills no parlen gaire bé el francès, però la teva mare em va dir que tu sí que parles català.

—Una mica, pas très bien —va afirmar ella.

—Au, Jordi, agafa la maleta i som-hi.

Vaig pensar que no era just, que jo no tenia pas més números que els altres perquè em toqués a mi carregar l'equipatge de la cosina.

—Fantàstic, com sempre! —vaig ironitzar.

I l'Andrea, emprenyadora com és, va acabar d'enutjar-me:

—Per a alguna cosa heu de servir, els homes, no? Tan forts com sou...!

2

Era prima, alta, duia els cabells molt curts i anava vestida amb texans i una camisa blanca, ampla, de màniga llarga doblegada fins al colze. Semblava un vailet entremaliat, a causa, sobretot, dels seus ulls verds, que brillaven com si acabés de fer una malifeta.

Els primers minuts de ser amb nosaltres va estar xerrant amb la mare, en francès, com si tingués por de no disposar de prou temps per a explicar tot el que duia al pap. Però, tan bon punt ens vam haver ficat al cotxe, va deixar d'enraonar i feina va tenir, la mare, d'anar buscant temes de conversa, mentre anàvem cap a casa, per tal d'evitar els silencis incòmodes.

Ni en Jordi ni jo no hi vam col·laborar gaire. Pel que a mi fa, no em semblava que pogués tenir cap mena de conversa amb aquella noia. Amb la mare parlava en francès i jo a penes pescava alguna paraula aïllada. Tampoc no m'hi volia esforçar, dit sigui de passada. La cosina francesa, d'entrada, no m'inspirava cap sentiment positiu, més aviat al contrari. Havia hagut d'oblidar-me dels plans que havíem fet, la Laura i jo, de passar juntes un parell de setmanes del mes de juliol. Teníem pensat que aquell estiu vingués una setmana a Palamós i, després, que jo anés una setmana a Camprodon, a casa seva. Amb la vinguda de la francesa, però, se n'anaven en orris tots aquells projectes perquè l'apartament de Palamós és molt petit i la mare no va voler ni sentir-ne a parlar que jo deixés penjada l'Aline per anar-me'n a Camprodon. No podíem, tampoc, ajornar els nostres projectes fins a l'agost perquè la Laura s'havia compromès a fer, durant aquest mes, uns cursos de natació per a nens i nenes.

Per si tot això no fos suficient, en Jordi havia adoptat una actitud tan egoista, per variar, que em regirava els budells. Deia que ell no estava disposat a canviar res de les seves vacances per culpa d'una cosina francesa que no sabia ni d'on havia sortit. Amb l'excusa que tenia la meva edat i que era una noia, em carregava a mi tota la responsabilitat de distreure-la durant la seva estada a casa. Justificava la seva actitud hermètica dient que si en lloc d'una cosina fos un cosí se n'faria càrrec ell, evidentment.

D'entrada, doncs, la visita de la francesa només havia sumat aspectes negatius. Ni que ho hagués volgut —que no era el cas— no l'hauria poguda mirar amb bons ulls.

Tot de cop, com si es recordés sobtadament d'alguna cosa important, l'Aline, que anava asseguda al seient del davant del cotxe, es va girar per preguntar-me:

—Quants anys tens, Andrea?

Va pronunciar el meu nom d'una manera que sonava horrible, *Andggguea*, i de poc no esclato a riure.

—Quinze. I tu? —vaig aparençar una amabilitat que no sentia.

—Setze. Pensava que tu étais plus agée, més... gran que jo.

—És pel pentinat que li han fet —va intervenir-hi en Jordi—. Ha anat a la perruqueria, aquest matí, saps?

L'Aline va posar cara de no entendre res. La mare, veient que tornava a obrir-se el tema que m'havia irritat molt una estona abans, va dir:

—Elle est allée chez le coiffeur, ce matin —i, adreçant-se al meu germà:— Ja n'hi ha prou d'aquest color, Jordi.

—Què? Si jo només he dit...

—Tu només et fiques on ningú et demana! —vaig cridar ben enfadada.

El cert és que cada vegada que pensava en

com m'havien deixat el cap, em venien ganes de plorar. Em sentia ridícula, amb aquell pentinat i només desitjava dutxar-me per mullar-me els cabells i pentinar-me al meu aire, tot i que em preguntava si milloraria gaire el meu aspecte després d'haver-ho fet.

L'Aline es va sorprendre pel to de veu, no gens simpàtic, amb què m'havia adreçat al meu germà. La mare li va aclarir:

—Es barallen tot el dia, els meus fills. Ja t'hi acostumaràs.

I l'Aline, per primera vegada, va pronunciar la pregunta que l'acompanyaria tots aquells dies d'estada a casa nostra:

—Què vol dir «es barallen»?

A l'acte em vaig recordar de les classes de francès amb la senyoreta Magda. Quantes vegades havia dit jo, aleshores: «Qu'est-ce que ça veut dire...?».

* * *

El viatge se'm va fer llarguíssim. M'inquietava molt pensar en les desgràcies que em podien passar: que arribés a Barcelona i no hi hagués ningú esperant-me, que m'equivoqués d'estació, que no m'agradés la família que m'acollia a casa seva...

La primera impressió no va ser massa bona,

tot s'ha de dir. La meva tieta Marta sí que es va mostrar simpàtica, però els seus fills no semblaven gaire contents de conèixer-me. A més, entre ells hi havia una certa tensió que em feia sentir malament. Jo, que no tenia germans, no entenia que l'Andrea i en Jordi es lliuressin tan freqüentment a batalles verbals que, després ho vaig saber, no tenien cap importància però que, al principi, em van sobtar molt perquè es comportaven com si, de cop i volta, s'odiessin a mort.

La Marta em va explicar quins eren els seus plans abans d'arribar a casa seva, tot travessant la ciutat amb el cotxe.

—Demà al matí marxarem cap a Palamós. Barcelona, a l'estiu, no se suporta... Ja veus quina calor més enganxosa! A la platja t'ho passaràs molt bé, ja veuràs. I, si vols, destinarem un parell de dies, abans que te'n tornis a França, a visitar Barcelona.

M'hauria fet il·lusió viure a la ciutat però, és clar, no vaig gosar dir-ho.

—Aquesta tarda podem aprofitar que encara som aquí per portar-te al Tibidabo, eh, nois?

—Jo tinc moltes coses a fer, abans de marxar —va afanyar-se a contestar en Jordi.

La Marta va mirar el seu fill pel retrovisor i va dir secament:

—Ah, vaja! Un que té compromisos!

—Jo no sé si... —l'Andrea va començar a escaquejar-se també, però tímidament perquè s'havia adonat que la Marta no estava gaire contenta amb l'actitud d'en Jordi.

—Tu sí que ens acompanyaràs, Andrea —la Marta no va deixar gens de marge per a d'altres opcions. Va dir-ho amb contundència.

Jo no volia que la meva presència disgustés els meus cosins, però vaig pensar que haurien pogut ser més educats. Es veia clarament que no estaven contents amb la meva visita i això em feia sentir trista. Vaig desitjar no haver fet el viatge i, només de recordar que havia de passar tot un mes amb ells, se'm va fer un nus a la gola.

Afortunadament no em va durar gaire aquella sensació d'estar de més. Quan vam arribar al pis on vivien, l'Andrea va ensenyar-me l'habitació que m'havien destinat i em va explicar algunes coses, sense que jo l'empenyés a enraonar.

—Hem fet lloc a l'armari i hem buidat un parell de calaixos perquè puguis endreçar les teves coses, però no val la pena que desfacis la maleta perquè demà marxarem a Palamós...

—Només treuré el pijama i roba per canviarme. Em sento bruta, després del viatge.

—Pots dutxar-te quan vulguis. Espera, et portaré una tovallola...

Va desaparèixer passadís enllà i va tornar de seguida amb una tovallola de color salmó.

—Et fa res que em dutxi jo, abans? Tu encara has d'obrir la maleta i decidir què et posaràs... Necessito canviar-me el pentinat urgentment.

—Però, no has anat a la perruqueria?

—Justament per això! M'han deixat els cabells massa estarrufats. Sembla que acabi de sortir dels anys seixanta!

Mentre l'Andrea es dutxava vaig obrir la maleta i vaig donar una ullada a la roba que havia portat. No tenia ni idea de què era el Tibidabo i no sabia quina seria la indumentària més adequada per a anar-hi. Vaig trucar a la porta del bany i vaig preguntar:

—Com m'haig de vestir per anar al Tibidabo?

La meva cosina, en sentir-me, va tancar l'aixeta de la dutxa.

—Què dius? —va preguntar tediosament.

—Que quina roba és adequada per a anar al Tibidabo —vaig repetir.

—Uns pantalons estaran bé... Ah, millor que et posis alguna cosa amb màniga curta: fa molta calor!

—Molt bé. Gràcies.

—De res, dona.

Va tornar a rajar l'aigua de la dutxa i l'Andrea

es va posar a taral·lejar una cançó. Vaig pensar que aquella noia era ben desconcertant: ara estava de pèssim humor i dos minuts després semblava encantada de la vida...

Vaig triar uns texans nets i una samarreta curta, ratllada de mariner i, mentre esperava que l'Andrea sortís del bany, em vaig estirar al llit. Les cames em pesaven i tenia mal de cap. Amb els ulls tancats vaig repassar totes les meves vivències de les últimes hores i em vaig preguntar si hauria estat una equivocació això de passar un mes lluny de casa. Tot i que l'actitud de l'Andrea no era tan negativa com al principi, no estava gens segura de ser ben rebuda...

* * *

Me'n vaig poder escaquejar, aquella primera tarda, d'acompanyar la cosina francesa al Tibidabo. Després de dinar vaig excusar-me molt educadament i vaig desaparèixer. La veritat és que no tenia cap compromís, però no em venia gens de gust fer de cicerone i no volia que la mare es refiés de mi per ocupar-me de l'Aline. Va ser una manera de deixar les coses clares. A la mare, tot i que ja estava advertida, no li va caure gaire bé que no les acompanyés i l'Andrea em va fulminar amb la mirada quan vaig dir que me n'havia d'anar, però vaig fer veure que no m'adonava de les espurnes que llençaven els seus ulls.

Em vaig arribar fins a casa d'en Xevi. Quan em va veure, el primer que va fer va ser preguntar-me per la francesa. Sabia com m'irritava que hagués vingut i va riure's de mi una estona.

—Què, ja l'has anada a rebre? És una xerraire impenitent, pesada i insuportable?

—Mira, deixem-ho, d'acord? Ja en començo a estar tip...

—Sí, ara dissimula; el que passa és que la vols per a tu solet...

—Sí, deu ser això!

—No sé per què estàs tan emprenyat, noi! Ja m'agradaria a mi que em caigués un bombonet així! Segur que és ben maca...

—Tu les trobes totes maques, les noies. El que no saps és com n'arriben a ser, d'emprenyadores! Tens la sort de no tenir cap germana que es dediqui nit i dia a fer-te la punyeta...

—Tot això ho dius per dissimular. Segur que estàs la mar de content...

—Sí, home! És clar!

—Ja li ho has dit, a la Marina, que tens una estrangera a casa?

—Tu què diries?

La Marina era una noia de la nostra classe que m'havia fet anar de bòlit tot el curs. En Xevi sabia que la Marina m'agradava i sempre feia broma entorn del tema perquè jo no havia estat capaç d'anar més enllà de dir-li dues paraules seguides. No sé què em passava amb ella que em feia posar extremadament nerviós. Cada vegada que havia intentat d'insinuar-li el que sentia per ella se'm nuaven les paraules i em comportava com un imbècil.

—Penses anar a veure-la a Calella?

—M'ho haig de rumiar... No sé quina cara posarà si m'acosto per allà.

—A tu sempre et posa bona cara, home! Que no ho saps?

—Això t'ho imagines... Ja vas sentir què li va dir la Laia a l'Arnau: la Marina està flipada per un tio de COU. No hi tinc res a fer, jo!

—Justament! Hauries d'aprofitar que és lluny d'aquest tio per guanyar-te-la. Deixa't caure per Calella com si t'anessis a passejar per allà i casualment...

—Sí, casualment! Com si fos tonta, la Marina.

—Doncs, mira, li dius descaradament que sabies que estiueja a Calella i que hi has anat a veure-la. Potser serà la manera de fer-li saber que t'interessa...

El que em passava amb la Marina era una mica especial. Crec que m'agradava estimar-la així, de lluny, sense dir-li-ho, platònicament. Sovint havia pensat que aquella sensació que m'envaïa cada vegada que la mirava desapareixeria el dia que es trenquessin les barreres que em separaven d'ella. Sabia que l'havia idealitzada i temia que el descobriment de la Marina real seria una patacada perquè no era possible que existís la dona perfecta que tantes vegades m'havia entretingut a inventar.

Barcelona estava soporífera. En Xevi i jo, amb la moto, vam arribar-nos fins al port olímpic esperant trobar-hi una mica d'ambient. Però en aquelles hores de la tarda no es movia una ànima. Avorrits, vam fer-nos una cervesa i vam tornar cap a casa. Vaig deixar en Xevi a peu de porta i, amb l'excusa que havia de preparar l'equipatge que m'havia d'endur a Palamós, me'n vaig anar. Em sentia ensopit i sense ganes de fer res. Vaig entrar al pis, naturalment buit, i em vaig asseure davant del televisor. Afortunadament l'endemà ens n'anàvem a la platja... El que més m'excitava era fer el viatge amb la NS-1. L'estiu anterior la mare no me l'havia deixada endur perquè encara no es refiava gaire de mi. Aquest any l'havia convençuda, tot i que havia posat com a condició que ella vindria darrere meu amb el cotxe. Mai no havia conduït més enllà de les Costes de Garraf (la mare no sabia que hi havia anat) o de Sant Cugat i seria fantàstic circular per l'autopista. I després, un cop a Palamós, que diferent seria aquest any amb l'autonomia que dóna la moto! Si m'abellia deixar-me caure per Calella, podria fer-ho sense cap problema...

La idea d'anar a veure la Marina, que estiuejava tan a prop d'on jo passava les vacances, era molt temptadora. Feia dies que hi somiava. Imaginava què li diria, com em rebria ella. Els dies que estava positiu ho veia molt clar: seria la manera de dir-li que m'agradava i ella, segur, estaria contentíssima i tot quedaria entès entre nosaltres. Els dies que estava negatiu (la majoria), m'imaginava anant allà a fer el ridícul més espantós. Ni se'm miraria, ni em saludaria, me la trobaria envoltada de nois més grans que jo, tots anant-li al darrere...

La veritat és que encara no tenia decidit d'anar-la a veure. Només era una possibilitat i em caldria molt de coratge per a fer-ho. Malgrat la meva aparença, amb les noies jo era molt tímid. Sempre temia que em donessin carabasses i el meu orgull no podia encaixar una cosa així.

Vaig pensar que no calia que em capfiqués

amb el tema, que un cop a Palamós ja veuria si m'atrevia a anar-la a visitar o no. A més, igual com jo sabia que ella estiuejava a Calella, la Marina també podia saber que jo m'estava a Palamós. Per què no es podia donar el cas que fos ella qui em vingués a veure a mi?

3

Va ser un pal, aquell dia, al Tibidabo. Com que havia protestat tant per la vinguda de la cosina francesa, havia d'obrar en conseqüència davant la mare. A més, estava empipada perquè a en Jordi se li permetia d'escaquejar-se i a mi, en canvi, em tocava treure a passejar l'Aline. Vaig estar més aviat impertinent i esquerpa perquè bé s'havia de notar que allò era una injustícia, una discriminació per raó de sexe. N'estava farta que la mare fes diferències entre el meu germà i jo. A mi, és clar, sempre m'havia de tocar la pitjor part.

Pujar al Tibidabo amb la mare no m'agradava gens. La darrera vegada que hi havia estat va ser amb tota una colla d'amigues i ens ho havíem passat molt bé. Anar-hi amb la mare era com si tornés a rebaixar-me a la categoria de nena petita. Només em va faltar que, a l'entrada, ens demanés si volíem pujar a les atraccions.

—És clar que no! Que ja no som criatures! A més, a França també tenen parcs d'atraccions... Eurodisney no es pot comparar amb això, oi?

—No he estat a Eurodisney —em va sorprendre l'Aline—. Però conec altres parcs d'atraccions... No cal que...

—Ho veus? Entrem només a contemplar la vista. No és el que volies? Que l'Aline vegi les dimensions de Barcelona i ja podrem tornar a marxar. Li semblarà ridícul, comparat amb París, però si penses que li ha d'agradar...

—És clar que li agradarà! París és una cosa i Barcelona n'és una altra. No s'han de fer comparacions. La vista des d'aquí és fantàstica i crec que val la pena que l'Aline se'n faci una idea...

Vam entrar, finalment, sense comprar el dret de pujar a les atraccions. És cert que, un cop a dins, em vaig sentir temptada de pujar a les muntanyes russes i també vaig pensar que a l'Aline li hauria agradat el tren penjat. Però ni se'm va acudir de suggerir-ho. Ens vam passejar una estona pel recinte i després, un cop vist tot el que s'havia de veure, ens vam asseure en una terrassa a prendre una orxata.

—Què vol dir «orxata»? —va preguntar l'Aline.

—És una beguda que es fa amb ametlles o amb xufles —li va intentar explicar la mare—. Saps què són, les xufles?

—No. Je ne connais pas ça!

—Doncs és una mica difícil d'explicar... Però tu tasta-ho, a veure què et sembla...

Em feia gràcia com parlava la cosina: mig en català (amb un accent estranger evidentíssim) i mig en francès.

Per la meva banda no m'esforçava gens a ferme entendre utilitzant el poc francès que sabia. No sóc gaire dotada per als idiomes i, a més, em fa molta vergonya parlar en una llengua que no sigui la meva. A l'institut fins i tot es riuen de mi a les classes de llengua castellana, quan em toca dir alguna cosa. L'Aline ens va explicar que la seva mare, catalana d'origen, li havia ensenyat la nostra llengua alhora que havia après a enraonar en francès. De tota manera, hi havia moltes paraules que desconeixia i, sobretot, se sorprenia amb algunes expressions d'ús freqüent en la parla col·loquial.

Era mitja tarda. La mare va proposar que ens arribéssim al Parc Güell perquè l'Aline pogués veure alguna cosa de Gaudí.

—Quin pal, amb la calor que fa! —vaig protestar, per variar.

—Què vol dir «pal»?

—«Quin pal» vol dir que és avorrit —va aclarir la mare.

—Creus que Gaudí és avorrit? —es va sorprendre la francesa—. La meva mare em va recomanar que visités la Sagrada Família o alguna altra obra d'aquest magnífic arquitecte.

—Saps que Gaudí era un arquitecte?

—Gaudí és conegut arreu del món —va dir la mare orgullosament, com si ella hagués estat font d'inspiració d'aquest artista.

—He vist algunes fotografies molt *extraordinaires*. M'agradaria molt anar al Parc Güell...

No tenia cap possibilitat i, és clar, em va tocar de fer el turista. Haig de reconèixer que em va resultar agradable tornar al Parc Güell després d'haver fet, aquell curs, un treball sobre el modernisme. Feia una colla d'anys que no hi havia estat i, evidentment, ara podia jutjar amb molt més coneixement de causa. Fins i tot em vaig trobar explicant-li a l'Aline, *in situ,* algunes de les coses que jo havia après sobre el paper. Em va satisfer l'aprovació que hi havia en la mirada de la mare quan vaig acabar d'enumerar els trets gaudinians per excel·lència.

A la cosina li va encantar tot el que va veure. Havia portat la seva càmera fotogràfica i va retratar el llangardaix de mosaic, la plaça i els arcs inclinats. Semblava realment impressionada i jo, que em pensava que després d'haver estat a París no es podia trobar cap encant a Barcelona, vaig adonar-me del meu error. El Parc estava esplèndid i hi havia una gran quantitat de turistes, sobretot japonesos, que quedaven fascinats en veure aquell exercici d'imaginació.

Com la mare, em vaig sentir orgullosa de la meva ciutat.

* * *

Estava ben atordida a conseqüència del llarg viatge, però em vaig espavilar amb una bona dutxa i amb el meu primer àpat en terres catalanes. Recordo que vam menjar carn amb samfaina, un plat típic, segons em va explicar la Marta. Ella, la meva tieta, s'esforçava per fer-me sentir bé i la seva actitud contrastava amb la dels seus fills. L'Andrea, durant el dinar, va tornar a adoptar un posat d'avorriment que no em resultava gens agradable. En Jordi va estar més simpàtic mentre dinàvem, però de seguida que vam haver acabat es va aixecar de taula i ens va informar que se n'havia d'anar a fer no sé quantes coses ineludibles. La seva mare li va llençar una mirada reprovadora i l'Andrea, a més de fulminar-lo amb els ulls, el va acusar de *barrut*. No vaig entendre aquella paraula, però no em va costar gaire d'endevinar per on anava el seu significat.

Em feia sentir incòmoda l'actitud dels meus cosins i sé que vaig pensar que seria dur haver de viure tants dies amb ells, notant que els feia nosa. Vaig decidir que quan veiés el moment oportú li diria a l'Andrea que fes la seva, que s'oblidés de mi. Preferia estar amb la Marta, tot i que aquesta tenia l'edat de la mare, que no pas amb els meus cosins, tan poc disposats a compartir el seu temps amb mi.

De mica en mica, per sort, al llarg de la tarda, vaig veure com l'Andrea s'acostumava a la meva presència i perdia part de la seva aspror. Durant la visita al Tibidabo no va estar gaire simpàtica i va mostrar-se desagradable amb la Marta, com si la culpés d'aquella situació. Però, més tard, quan em van portar al Parc Güell, va canviar d'actitud i em va explicar moltes coses sobre Gaudí i el moviment modernista. Jo, en tot moment, vaig interessar-me pel que m'explicava i vaig fer-li algunes preguntes a les quals va respondre amb molta satisfacció.

Les visites turístiques al Tibidabo i al Parc Güell també van contribuir a fer-me sentir millor. Em va agradar molt, sobretot, l'obra de Gaudí, tan peculiar, tan diferent de tot el que jo havia vist fins aleshores que, en realitat, tampoc no era gaire.

Quan vam tornar a casa, a quarts de nou del vespre (i encara no havíem sopat!), en Jordi estava mirant un informatiu. La Marta i l'Andrea van anar a preparar el sopar i jo em vaig oferir a ajudar-les, però em van dir que no hi tenien gaire feina. Vaig seure al sofà.

—Què passa pel món? —li vaig preguntar a en Jordi.

—Res de bo, com sempre.

Vam seguir mirant el televisor i jo em sentia una mica tensa perquè no sabia si iniciar una conversa o centrar-me en les imatges. En Jordi, sense deixar de mirar la pantalla, em va demanar:

—Què t'ha semblat el Tibidabo? T'ha agradat?

—Molt, m'ha agradat. Però després hem anat al Parc Güell i encara m'ha agradat més.

—Ah, sí! És molt bonic... No t'han ensenyat la Sagrada Família, també?

—No, no hem tingut prou temps. Però espero tenir ocasió d'anar-hi abans de tornar-me'n a casa...

—Hi ha moltes coses dignes de ser visitades, a Barcelona... Però ja veuràs que a Palamós t'ho passaràs millor, si t'agrada la platja, és clar.

Ens parlàvem mirant-nos a penes. El televisor s'interposava i ens servia d'excusa per a no haver de fer front a silencis enutjosos.

—Sí que m'agrada, el mar. Nosaltres sempre hem passat els estius a Siouville... És un poble petit, a prop de Cherbourg, a la costa atlàntica.

—Ah, molt bé!

A la pantalla es veien imatges d'un judici.

—És un judici important?

—I tant! Un alt càrrec polític que s'ha embutxacat diners de fons públics. I, a més, ha defraudat no sé quants milions a hisenda.

—Sempre hi ha d'haver persones així, sense escrúpols!

—El pitjor del cas és que se'n sortirà prou bé. En aquest país podem engarjolar un carterista que roba per poder alimentar els seus fills, però els lladres de milions, els que roben els nostres diners acaben pagant una fiança i al carrer!

Vam callar. Era una situació una mica incòmoda perquè no sabia si en Jordi estava interessat en les notícies o no tenia res per dir-me. Vaig buscar un tema de conversa, però no se'm va acudir res. Així vam passar uns minuts tensos fins que la Marta ens va cridar per sopar.

Mentre menjàvem pa amb tomàquet i embotits —boníssim, el pa amb tomàquet— vam parlar de Palamós. Tant l'Andrea com en Jordi es van entusiasmar explicant-me com era el poble i què hi feien durant les vacances. Em van dir que hi tenien amics i que es divertien molt. En aquells moments no em venia de gust conèixer més gent, prou feina tenia a integrar-me mínimament a la família... De fet, si m'haguessin deixat triar, m'hauria quedat a Barcelona perquè em feia por que tots aquells amics dels quals em parlaven no em caiguessin bé. Però, és clar, no tenia opció.

Vaig anar a dormir d'hora. En Jordi, l'Andrea i la Marta estaven enfeinats acabant de preparar el que s'havien d'endur i jo, que ja tenia la maleta a punt, no havia de fer res. Estava cansada i em feien mal els músculs de la cara de tant forçar somriures per resultar agradable a la meva parentela. Va ser un descans, quan vaig tancar la porta de la meva habitació i em vaig quedar sola.

Abans d'adormir-me vaig enyorar el meu llit i em vaig disgustar amb mi mateixa perquè, en lloc de sentir-me excitada per tantes novetats i per les perspectives d'unes llargues vacances a l'estranger, em vaig deixar amarar per la tristesa. Quan vaig tancar els ulls els tenia a vessar de llàgrimes.

* * *

La meva cosina era prima, blanca de pell i duia els cabells curts. Tenia setze anys, un més que l'Andrea, però semblava més jove perquè a penes se li marcaven unes lleugeres formes de dona per sota la samarreta ampla. Parlava el català mitjanament bé, però tot sovint el barrejava amb paraules o expressions franceses i tenia una dificultat considerable per a pronunciar correctament les erres.

Al principi em sentia tens amb ella i crec que volia donar la impressió de passar-ne una mica perquè, a fi de comptes, no era jo qui l'havia invitada i, en tot cas, semblava que era l'Andrea la persona més adequada per a donar-li conversa. És a dir, que me'n volia desentendre tant com fos possible perquè no podia permetre que la francesa pertorbés el tarannà habitual de les meves vacances.

A Palamós, com que feia molts anys que hi estiuejàvem, hi tenia molts amics, gairebé tots de Barcelona, però curiosament, només ens vèiem durant les vacances d'estiu. Quan ens acomiadàvem sempre dèiem que ens trucaríem per quedar algun dia, però mai no ho havíem fet. Suposo que no podia imaginar-me'ls vestits d'hivern i parlant d'exàmens. M'hauria resultat desagradable incorporar-los a la quotidianitat de la meva vida a Barcelona. Ells representaven les hores bones de dies sencers dedicats a fer allò que ens venia de gust, dies sense obligacions ni responsabilitats. Les nostres hores de lleure s'omplien de molta platja, pesca, excursions en bicicleta, memorables partits de futbol entre palamosencs i forasters, sorolloses sessions de cinema i passejades nocturnes.

L'apartament de Palamós era de la mare, més ben dit, era de l'àvia Roseret, però ella no hi anava mai. Abans, quan els pares vivien junts, només hi anàvem a passar el mes de juliol i a l'agost, quan el pare feia vacances, ens traslladàvem a Martinet, un poble petit de la Cerdanya on vivien els altres avis. Era un avorriment, però no calia discutir sobre aquell tema perquè el pare deia que a l'àvia Roseret la vèiem tot l'any i que els seus pares també tenien dret a veure'ns créixer. Els avis de Martinet no baixaven mai a Barcelona perquè eren pagesos i el bullici de la ciutat els feia posar nerviosos... Ara només hi anem per Nadal perquè el pare, a l'agost, quan té vacances, se'n va de viatge amb la Pilar, la noia que viu amb ell i que ha aconseguit que canviés els seus costums de sempre. Al principi, els primers anys després de la separació, passàvem amb ells quinze dies, tal com està escrit al conveni de separació. Però era un pal i l'Andrea i jo ens vam confabular per no haver-hi d'anar. Actualment la nostra relació amb el pare i la Pilar es limita a dinars o sopars puntuals i als deu dies de vacances de Nadal que passem sempre a la Cerdanya. Els estius, per tant, ens estem a Palamós des del final de juny fins al començament de setembre. Són els millors mesos de l'any i, ben segur, no estava disposat a deixar-me'ls xafar per la cosina francesa.

Em temia que l'Andrea fes un cop de geni si havia de carregar ella sola amb l'Aline perquè la meva germana és absolutament primmirada en això de compartir el que és desagradable. Ella tampoc no estava gens contenta amb la vinguda de la cosina. I no entenc per què, ja que l'Andrea, a Palamós, només hi tenia una amiga que a mi em queia fatal, la Mari-Lo, una *pijada* de criatura a qui la mateixa Andrea arrencava la pell a tires cada vegada que girava l'esquena. Tal com jo ho veia aleshores, pensava que seria bo per a la meva germana tenir una altra noia de la seva edat amb qui sortir i que li permetés de desfer-se una mica del plom de la Mari-Lo. Però ella no ho entenia així i va començar les vacances amb un mal aire que no presagiava un estiu perfecte, ni de bon tros.

4

El primer matí, quan em vaig despertar, no sabia on era. Va ser una sensació estranya que durà només uns segons, fins que em vaig situar. «Sóc a Barcelona, a casa els cosins», em vaig dir, i una mena d'excitació i els sorolls que venien de la cuina em van fer llevar-me de seguida.

Vaig obrir la porta de la meva habitació cautelosament. A casa meva només m'ensopegava pel passadís amb els meus pares. Aquí hi havia, d'una banda, l'Andrea, que m'havia estudiat amb lupa, com si busqués tots els meus petits defectes físics i, de l'altra, en Jordi que, contràriament, no se m'havia mirat a penes però que, ben segur, se'm miraria si es topava amb mi vestida amb el pijama d'estiu que la mare m'havia comprat feia només un parell de dies. No hi havia ningú a la vista i, amb el necesser a la mà, vaig anar fins al bany. Vaig obrir la porta impetuosament, de pressa com anava per no topar-me amb ningú, i vaig colpejar en Jordi que s'estava rentant la cara confiadament, sense passar el baldó.

—Oh, excuse-moi! —vaig quequejar alhora que tancava la porta tan de pressa com l'havia oberta.

Vaig tornar a la meva habitació maleint-me els ossos per no haver tingut la precaució de trucar a la porta del bany abans d'entrar. Al cap d'un moment va ser en Jordi qui va trucar a la meva porta.

—Aline! El bany ja està lliure! —va cridar.

Em vaig afanyar a rentar-me i vestir-me perquè no volia fer esperar ningú per esmorzar. Em va sorprendre que tothom estigués ja entaulat i que haguessin començat sense mi.

—Bonjour, Aline! —em va saludar la Marta—. Has dormit bé?

—Oh, sí, perfecte! Sento arribar tard...

—No t'amoïnis: aquí cadascú s'espavila per esmorzar. Prens cafè?

—Sí, si n'hi ha...

Hi havia cafè i galetes i magdalenes i cereals. Vaig recordar que l'hora de dinar seria força més enllà del migdia i vaig menjar més del que tenia per costum.

—Marxarem tan aviat com ho tinguem tot enllestit —em va informar la Marta—. Val més que no ens passem a la carretera les hores més fortes de sol...

—Hauríem pogut marxar ahir a la tarda —va dir l'Andrea amb un to de veu que em va fer sentir culpable.

—Pobra Aline! Només li hauria faltat haver de fer dues hores de cotxe, després del seu llarg viatge en tren!

—Jo ja ho tinc tot a punt —va dir en Jordi.

—Et toca rentar els plats de l'esmorzar —va intervenir l'Andrea—. Espero que, per una vegada, no t'hi eternitzis...

De seguida que vam haver acabat d'esmorzar tothom es va mobilitzar. L'Andrea i la Marta se'n van anar a acabar de preparar les seves maletes i en Jordi es va ficar a la cuina. Jo, que també tenia l'equipatge preparat, vaig desparar la taula. En Jordi m'anava indicant on havia de guardar les coses.

—Tot el que és menjar ens ho hem d'endur. Fica-ho en una bossa de plàstic: són a l'últim calaix.

Em va sorprendre que estigués al cas d'aquells detalls. A casa meva era la mare qui s'ocupava de totes les qüestions domèstiques.

—T'ajudo a esbandir? —li vaig preguntar quan vaig haver acabat de desparar la taula.

—Bé, com més aviat acabem, més aviat ens n'anirem...

—Veig que teniu moltes ganes de marxar de Barcelona...

—És que és un pal, a l'estiu. Aquesta calor tan enganxosa... i, a més, no hi ha ningú: gairebé tothom se n'ha anat ja de vacances...

Vam acabar de rentar els plats en silenci, incòmodes tots dos.

—Què, acabes? —va venir a preguntar, impertinent, l'Andrea. I va afegir en veure'm:— Ah, és clar que ja estàs, si has tingut ajuda!

Abans de les deu érem a la carretera. La Marta va insistir perquè seiés al davant, però vaig intuir que a l'Andrea no li agradava d'anar al darrere i vaig declinar l'oferiment. En Jordi va fer el viatge amb la seva moto, davant nostre. La Marta, en un parell d'ocasions es va queixar perquè en Jordi corria massa.

—És un inconscient, aquest noi! Una caiguda a aquesta velocitat i no ho explica...

—No exageris, mare, que no corre pas tant! —va tranquil·litzar-la l'Andrea—. La teva mare també és així de patidora?

—Les mares són totes iguals en aquest sentit...

—És que els fills sou el millor que tenim —va justificar-se la Marta.

—A mi, que sóc filla única, em fa l'efecte que

els meus pares em voldrien embolicar amb cotó fluix.

—Quin avorriment, ser fill únic! En Jordi i jo sempre ens estem barallant, però és divertit.

—Sí, és clar! És divertit per a vosaltres! No saps pas com em crispa els nervis que sempre estiguin com gat i gos...

El viatge fins a Palamós se'm va fer curt. L'Andrea havia oblidat el seu mal humor i la Marta em va explicar que l'apartament on passaríem les vacances era de la seva mare, però que ella no hi anava mai perquè tenia problemes circulatoris i no podia pujar i baixar escales. Vam arribar al migdia. Em feia com una mena de mandra haver d'instal·lar-me en un lloc nou i haver de conèixer més persones. Gairebé no havia tingut temps d'adaptar-me al pis de Barcelona ni als membres de la meva família i ja em tocava anar-me'n cap a un altre cantó. L'Andrea havia parlat, durant el viatge, d'una tal Mari-Lo que, suposava, ja devia estar de vacances. En aquells moments, la veritat, en tenia més que prou amb la Marta i els cosins i no em venia gens de gust fer noves amistats.

Però, tan bon punt hi vam haver arribat, l'Andrea ja va dir que se n'anava a fer un volt i la Marta li va llençar una mirada que claríssimament volia dir: «L'Aline ha de venir amb tu».

—Véns? —em va preguntar sense gens d'entusiasme.

—No seria millor desfer les maletes, primer?

—Fes com vulguis. Jo me'n vaig.

Evidentment no podia automarginar-me, així que vaig sortir amb ella.

—On anem? —li vaig preguntar mentre baixàvem les escales.

—Ens arribarem a la platja, a veure si trobem la Mari-Lo.

La platja era plena de gent, però l'Andrea sabia on havia d'anar a buscar la seva amiga que, pel que vaig entendre, sempre es devia situar al mateix lloc. Quan la va veure, l'Andrea es va posar a gesticular esbojarrada i a cridar:

—Ei, Mari-Lo! Ei! Ja sóc aquí!

La Mari-Lo es va aixecar de la tovallola on s'estava torrant i va córrer cap a nosaltres, saltant entremig de les tovalloles que cobrien la sorra.

—Andrea! Ja pensava que t'havies perdut! Com és que has vingut tan tard?

—Uff! Ja t'ho explicaré... Que morena estàs, noia! Quants dies fa que ets per aquí?

Van començar a xerrar atropelladament i jo, darrere l'Andrea, esperava palplantada a ser presentada. Finalment, la meva cosina, com si se'n recordés de cop i volta, es va girar cap a mi i va dir:

—Ah, aquesta és l'Aline; s'estarà un mes amb nosaltres.

La Mari-Lo em va somriure càlidament.

—Hola! Vols dir que aguantaràs tants dies al costat de l'Andrea?

—Ei, què vols dir amb això? —l'Andrea va fer veure que s'enfadava—. Ja ho sé, que no tinc gaire bon caràcter, però...

—Tens un caràcter pèssim! —la va tallar la Mari-Lo—. Si algun dia et cal fugir d'ella, pots venir a casa meva...

—Gràcies.

Vam seure una estona a la sorra i la Mari-Lo va afanyar-se a posar-nos al corrent de com estava la situació pel poble.

—En Miquel només vindrà els caps de setmana perquè li han penjat no sé quantes assignatures; el Ros encara no ha fet acte de presència i en Roger ja fa dies que corre per aquí, però, t'ho pots creure?, ni m'ha saludat, com si no em conegués de res! Quina barra!

—Ho dius de debò? —l'Andrea va posar cara d'incredulitat—. Potser no et va veure...

—I tant que em va veure! Dues vegades ens hem ensopegat cara a cara i ni hola, tu!

—Que fort!

Jo, és clar, no tenia res a dir en tot allò perquè no sabia ni de qui parlaven. Feia molta calor i no havíem agafat els banyadors. Entre una cosa i l'altra, em vaig sentir fatal, tan malament que semblava que m'hagués de desmaiar. Afortunadament, l'Andrea, en un parèntesi de la xerrameca, es va adonar de la solellada que queia i va dir que seria millor que marxéssim cap a casa.

—Hem de comprar, urgentment, crema de protecció solar —va dir-me—. Amb aquesta pell tan blanca que tens et cremaries com res...

—Sí, ja m'ho va dir, la mare, que el sol cau a plom aquí. No s'assembla pas a la costa de l'Atlàntic, això!

Abans d'anar-nos-en l'Andrea va quedar amb la Mari-Lo de trobar-se pels volts de les cinc davant de La Lluna. A mi no em van demanar l'opinió. Suposo que totes dues comptaven amb la meva companyia. Jo encara no sabia del cert si feia nosa o era ben rebuda. A estones em semblava una cosa i a estones l'altra. L'Andrea tan aviat estava molt simpàtica amb mi com no em deia ni un mot. De la Mari-Lo encara no podia dir res, tot i que no em va semblar que li disgustés gens la meva presència.

* * *

L'experiència d'anar amb la NS-1 des de Barcelona fins a Palamós va ser fantàstica. Era un pal, això sí, portar el cotxe de la mare al darrere, la qual cosa m'impedia de córrer i d'avançar els cotxes tal com hauria fet si no hagués tingut els ulls de la mare enganxats al clatell. Però, bé, de tota manera va ser una passada i el millor de tot era que podria anar amunt i avall sense dependre de ningú tal com havia fet l'Ignasi l'estiu passat. Només que ara seríem tres —en Marc portava també la seva— els que tindríem la moto per a desplaçar-nos. I això volia dir que, dos per moto, podríem anar junts tots els de la colla. I, si em veia amb cor d'escapar-me fins a Calella per donar-li una sorpresa a la Marina, també ho podria fer...

El primer dia a Palamós el vaig dedicar a presumir perquè, indiscutiblement, la meva era la millor de les tres motos de què disposàvem. En Litos, l'Arnau i en Pep van voler que els portés a fer un volt i l'Ignasi i en Marc també la van voler provar. A mitja tarda vam decidir d'anar a banyar-nos a la platja del Castell. L'aigua estava netíssima i vaig guanyar una prova de resistència, cosa que em va satisfer molt perquè era la primera vegada que algun de nosaltres aguantava la respiració més temps que en Marc.

Havia quedat amb els meus amics per sortir a fer un tomb després de sopar i la mare em va enganxar al vol:

—L'Andrea i l'Aline també volen sortir. Per què no aneu junts?

La meva resposta immediata hauria estat una excusa qualsevol, però vaig recordar que l'Ignasi m'havia preguntat per la meva germana i vaig pensar que els meus amics quedarien sense alè si hi anava amb l'Andrea i l'Aline, un toc d'exotisme que els meus companys envejarien.

L'Andrea, a penes sortir de casa, em va fer saber que ella i l'Aline se n'anirien pel seu cantó i que ja ens trobaríem abans de tornar a l'apartament. A la mare no li agradava gaire que l'Andrea sortís de nit i sovint quedàvem per tornar junts, d'aquesta manera creia que la meva germana passava la vetllada amb mi i estava tranquil·la.

—On penseu anar? —li vaig preguntar a l'Andrea.

—No sé...

—Doncs, acompanyeu-me fins a Les Xarxes i li presentaré els meus amics a l'Aline...

L'Aline em va somriure, com si m'agraís que la tingués en consideració. Duia uns pantalons estampats, molt amples i una samarreta groga que hi conjuntava molt bé. Per primera vegada vaig pensar que era una noia força atractiva. Sí, segur que els meus amics m'envejarien llargament...

* * *

La Mari-Lo estava tan boja com sempre. Vam passar la primera tarda voltant pel carrer Major i pel Passeig, ensenyant-li el poble a l'Aline.

A la Mari-Lo la meva cosina li va caure bé i va dedicar molta estona a explicar-li l'aventura que havia tingut l'estiu passat amb en Roger. A mi no m'havia fet gens de gràcia que la Mari-Lo s'hagués embolicat amb aquell fatxenda perquè m'havia deixat penjada moltes tardes per culpa seva i em va satisfer quantitat que ara fes com si no la conegués de res. La Mari-Lo era divertida i havíem passat molt bones estones juntes, però la nostra relació era superficial, no tenia res a veure amb l'amistat que m'unia a la Laura. Amb la Laura ens explicàvem tot el que ens passava pel cap i ens coneixíem tots els replecs. La Mari-Lo era egoista, anava a la seva i no se li podia explicar res d'important perquè era una bocamolla. Havia tingut problemes familiars molt complicats, d'aquells de pel·lícula, i jo sovint m'havia de recordar a mi mateixa que la seva vida no havia estat fàcil. És per això que li excusava algunes actituds que en una altra persona m'haurien semblat poc menys que imperdonables. L'Aline em va dir que l'havia trobada simpàtica però, és clar, ella no li sabia els defectes, encara.

—Sí, és simpàtica, però no te'n pots refiar massa —li vaig advertir—. No sap guardar un secret i, a més, et pot deixar plantada per qualsevol altra persona que li interessi més en un moment donat. A mi m'ho va fer l'estiu passat, quan va començar la seva aventura amb en Roger. I, ja t'ho ha explicat ella mateixa, com va anar tot plegat: després de deixar-se petonejar del dret i del revés va decidir que ja en tenia prou i li va dir que ho deixessin córrer.

—I ara li sap greu que ell no la saludi? Potser encara li agrada?

Que ingènua, la meva cosina!

—Què li ha d'agradar! El que passa és que se sent humiliada perquè ja no li va al darrere... Es pensa que ha de ser el centre de totes les mirades, li agrada ser la protagonista de la pel·lícula, la reina de la festa...

Si he de dir la veritat, els primers dies que vaig passar amb l'Aline van ser força desconcertants per a mi. Tan aviat em sentia molt bé amb ella com pensava que era un plom haver de portar-la a totes hores al meu costat. Això últim ho pensava, més que res, per justificar les meves actituds inicials. Quan la mare ens va comunicar que vindria a passar l'estiu amb nosaltres em vaig fer a la idea que seria horrible i no em vaig deixar seduir gens per altres pensaments més positius. La realitat, però, era que la meva cosina era una noia de la meva edat, trempada, discreta, agradable i sense cap defecte greu a la vista. Per tant, de mica en mica vaig acceptar que la seva companyia m'agradava molt més que no pas em disgustava. Però, davant la mare i en Jordi, aquells primers dies, procurava no manifestar obertament que l'Aline em queia bé perquè era com reconèixer que m'havia equivocat i això em costava molt.

Quan la primera nit que vam passar a Palamós, després de sopar, vam sortir amb en Jordi, vaig pensar que no calia anar a veure si la Mari-Lo s'apuntava a fer un volt amb nosaltres. Em venia de gust estar jo sola amb la meva cosina i xerrar una llarga estona per conèixer-nos una mica més. No m'havia agradat gaire saber que era filla única perquè, equivocadament, pensava que els fills únics han de ser tots de l'estil de la Maria Martí, és a dir, estúpids per definició. De mica en mica, però, vaig anar veient que l'Aline no era una fleuma sinó ben al contrari. Reconec que vaig tenir amb ella algunes actituds desagradables i que al principi em resultava enutjosa la seva companyia perquè, més que res, el fet que ella visqués a casa era el que impedia que la Laura pogués passar uns dies a Palamós, tal com havíem planejat. Però això no va durar gaire perquè ben aviat vaig entendre que l'Aline era una noia de fiar i amb la qual podia passar un estiu més distret que els anteriors.

La primera nit, quan en Jordi li va voler presentar els seus amics, ja va ser una premonició de com es desenvoluparia l'estiu. Jo els coneixia, els amics d'en Jordi, però molt poques vegades havíem canviat més de quatre paraules perquè el meu germà semblava esforçar-se per mantenir-me lluny d'ells. Aquella nit, per contra, va ser ell qui va voler que hi anéssim, diria que per sumar punts davant els seus companys. La meva intenció era estar amb ells només un moment i, després, marxar amb l'Aline per les nostres. Però quan l'Ignasi em va mirar embadalit amb els seus ulls verds se'm van esfumar les ganes de marxar.

—Andrea, t'he somiat tot l'hivern —em va dir en Marc mentre em plantava un parell de petons a les galtes.

L'Ignasi li va llençar una mirada matadora i, ben seriosament, amb els seus ulls clavats en els meus, va murmurar perquè només jo el sentís:

—No te'l creguis. Ell no sap què és somiar-te...

Havia canviat molt, l'Ignasi, des de l'estiu passat. Duia els cabells, rossos, bastant llargs i li creixien arrissats, d'una manera que constantment invitaven els meus dits a enredar-s'hi per col·locar-los al seu lloc. Els ulls, verd clar, contrastaven meravellosament amb la pell molt bruna. Somreia en mirar-me com si la meva sola presència el fes feliç.

L'Aline va ser molt ben rebuda. En Marc, tot i que em volia fer creure que jo li treia la son, no va deixar de llençar-li floretes. Els altres, en Pep, l'Arnau i en Litos, també competien entre ells per guanyar-se el cor de la meva cosina. Jo, malgrat que m'havia quedat flipada amb l'Ignasi, em vaig divertir molt observant com s'esforçaven per atreure la seva atenció. Ella, al principi, va semblar una mica desconcertada amb totes les floretes que li dedicaven, però de seguida va adonar-se que allò era un joc sense fi i va començar a participar-hi amb bon humor, fent veure que tots ells eren com una peça única.

Aviat vaig oblidar que només pensava estar un moment amb la colla del meu germà i, tant l'Aline com jo, vam apuntar-nos a anar amb ells a fer un volt pel port. Des del moll es veia tota la costa il·luminada i els llums es reflectien a l'aigua encalmada.

—C'est vraiement beau! —em va dir l'Aline.

Vaig estar absolutament d'acord amb ella. Tot i que aquell paisatge el tenia més que vist, després de passar tants estius allà, encara sentia la màgia de les nits càlides, l'encant de la remor suau del mar, el gust de la salabror que s'enganxava a la pell.

En Marc era l'únic de la colla que sabia algunes frases en francès i va voler lluir-se amb l'Aline. No parava de fer-li preguntes sobre el seu país i els seus costums que, d'altra banda, no eren gaire diferents dels nostres. Després de molt esforçar-se per fer-se entendre en la llengua de la meva cosina, l'Aline va acabar demanant-li que li parlés en català perquè, segur, els resultaria més fàcil la comunicació en aquesta llengua que dominaven tots dos. La proposta de l'Aline va ser rebuda amb moltes rialles per part de tots els altres i el pobre Marc es va posar vermell com un pebrot.

—Jo només volia practicar una mica... És que les llengües, si no es parlen, s'obliden molt...

—Però els altres s'avorreixen si no entenen

el que diem —va argumentar l'Aline ben assenyadament—. Si vols parlar en francès serà millor que aprofitem altres ocasions, no pas quan estem en grup...

El seu comentari va aixecar les protestes de la resta de personal. Ningú volia consentir que en Marc, amb l'excusa de practicar els seus escassos coneixements de la llengua francesa, acaparés l'atenció de l'Aline.

Vam estar asseguts al moll fins ben tard, explicant anècdotes que ens havien passat durant l'hivern, fent projectes per l'estiu que s'obria al nostre davant, dient ximpleries i rient com beneits. Quan vam tornar a casa, tots tres estàvem animats i contents.

5

La primera nit va crear precedent. Els meus amics —tret de l'Ignasi, que no sé què li veia a la meva germana per quedar KO cada vegada que la tenia a prop— van enamorar-se bojament de l'Aline. Al principi em sentia una mica protagonista perquè era jo qui portava les dues noies per les quals els meus companys perdien la seva identitat i esdevenien una mena de pallassos que sovint feien més llàstima que gràcia.

L'Andrea i l'Aline també s'ho passaven bé. Tots plegats dèiem moltes ximpleries i rèiem per qualsevol cosa. Passàvem junts un parell d'hores després de sopar i tan aviat ens assèiem en una terrassa a prendre una cervesa com ens n'anàvem al port o passejàvem ran de mar amb les sabates a la mà.

Els matins d'aquells primers dies de juliol vam agafar el costum d'anar, tots els de la colla, fins a la platja del Castell o més enllà, a les caletes de més difícil accés. Les tardes les dedicàvem a la pesca i al futbol, tal com havíem fet sempre.

I, al vespre, les noies.

—Pensem anar a cinema, avui. Vindreu? —els vaig preguntar mentre sopàvem.

—No entendré res, jo, si és en castellà —va oposar la meva cosina.

—Ja t'explicaran l'argument entre tots. Segur que els meus amics es disputaran l'honor de fer-te la traducció simultània... —vaig ironitzar. Començava a estar una mica tip de ser espectador en aquella obra.

—Sí, anem-hi —va ajudar-me l'Andrea—. És una pel·lícula d'en Brad Pitt! No t'agrada?

—És clar que m'agrada! A França també fa furor...

Van venir, elles dues i la Mari-Lo que se'ns afegia alguns vespres i a qui jo no podia suportar. Aquella nit s'havia vestit amb un top blanc, molt escotat, i amb una faldilla negra escandalosament curta i arrapada.

Un cop vam tenir les entrades es va produir tot un moviment que evidenciava amb qui volia seure cadascú. En Litos, en Marc, l'Arnau i en Pep van envoltar literalment l'Aline; la Mari-Lo es va enganxar al meu costat i l'Ignasi custodiava l'Andrea. Quan vam arribar a una filera de butaques que ens va agradar a tots, la cosa semblava sentenciada, però la meva cosina, molt hàbilment, va fer veure que tenia algun problema amb una sabata i es va entretenir al passadís fins que van haver passat tots els meus companys, l'un darrere l'altre i la Mari-Lo. Va solucionar el fingit incident amb la sabata justament quan vaig haver passat jo i es va ficar entre les butaques abans que hi passessin l'Ignasi i l'Andrea. El cert és que vaig pensar que havia estat molt sagaç si el que volia era desempallegar-se dels quatre ploms que pretenien seure al seu costat i, ves per on, va anar a parar al seient de la meva dreta. Abans que s'apaguessin els llums em va fer un somriure i em va preguntar:

—M'explicaràs l'argument, Jordi?

En aquell moment vaig recordar que el dia que havia arribat a Barcelona havíem estat asseguts al sofà davant el televisor i vaig pensar que semblava que hagués transcorregut una eternitat des d'aleshores.

La Mari-Lo es va passar tota la projecció provocant-me: buscava el frec dels nostres braços, em xiuxiuejava coses a l'orella de manera que els seus llavis em feien pessigolles, canviava de postura constantment per tal de trobar un contacte amb el meu cos. I jo, fugint d'aquells frecs als quals no volia donar resposta, em decantava, per evitar-la, cap a la meva dreta on m'ensopegava involuntàriament amb el braç de l'Aline i sentia el seu respir molt a prop de mi.

Entre una cosa i l'altra no em vaig poder concentrar en la pel·lícula i si la meva cosina m'hagués demanat algun aclariment, hauria quedat com un autèntic babau.

Vaig dormir molt malament aquella nit. Estava neguitós, com si em faltés quelcom de vital. El sofà llit del menjador mai no m'havia semblat tan incòmode i els sorolls que m'arribaven des del carrer es multiplicaven dins el meu cap amb la clara intenció de crispar-me els nervis. Vaig estar pensant en la Marina, abans d'aconseguir adormir-me, i vaig decidir que l'endemà aniria a Calella a veure si m'ensopegava amb ella.

* * *

La nit que vam anar al cinema l'Ignasi va decidir que ja no en tenia prou a mirar-me tendrament i va aprofitar la foscor de la sala per buscar altres camins de comunicació. No feia ni cinc minuts que havia començat la pel·lícula que, maldestrament, va agafar la mà que jo tenia damunt la falda, ben intencionadament al seu abast. No vaig fer cap gest de rebuig, és clar, perquè ho estava desitjant tant com ell. Vaig enllaçar els meus dits amb els seus i vaig deixar que, amb la mà que tenia lliure, m'acariciés les puntes dels dits, com si volgués memoritzar minuciosament la forma de les meves ungles, el relleu de les meves falanges. No va anar més enllà, tot i que jo, de tant en tant, em girava cap a ell buscant els seus ulls i els seus llavis.

Abans que s'acabés la pel·lícula em va deixar suaument la mà perquè ningú no veiés que havíem estat fent manetes.

En sortir vam caminar l'un al costat de l'altra, una mica vergonyosos i vam quedar enrere de la resta de la colla perquè tots dos necessitàvem parlar del que sentíem.

—Andrea, jo... —va deixar la frase penjada com si les paraules no poguessin expressar el que volia.

—Ha estat una nit fantàstica —vaig dir jo.

—Suposo que ja saps... —li costava d'enraonar—. Saps que... m'agrades molt —va acabar.

—Sí, ho sé. I tu també m'agrades.

Ens vam mirar als ulls. Els tenia brillants, com de gat, tan verds. Va somriure.

—M'agradaria perdre'm amb tu —va fer un gest assenyalant els altres que caminaven uns pocs metres davant nostre.

—Buscarem la manera, eh? —vaig estar d'acord amb ell.

No vam poder enraonar més perquè en Marc, esbojarrat com sempre, va fer la seva gracieta:

—Ei, parella! Veniu a la platja o penseu seguir caminant pels núvols?

S'havia acabat la màgia d'aquell moment i ens vam tornar a incorporar al grup. Vam anar a la platja i vam estar una llarga estona jugant a atrapar. Em venia bé córrer, em sentia feliç, lliure, gran; tenia ganes de riure i de cridar.

Era molt tard quan vam tornar a casa. L'Ignasi, abans de marxar, em va dir fluixet:

—Ens veurem demà...

L'Aline i jo dormíem a l'habitació dels dos llits. En estius anteriors compartia aquella habitació amb la mare i en Jordi dormia a l'habitació petita. Ara que hi havia l'Aline, al pobre Jordi li tocava dormir al sofà del menjador.

Quan vam quedar-nos soles l'Aline em va preguntar si l'Ignasi m'agradava.

—Es nota molt? —vaig enriolar-me.

—Crec que és... —no li sortia la paraula—... trés amoureux de tu —va acabar mig en francès, mig en català.

—I tu tens ben enamorats tots els altres.

—No! Només tenen ganes de jugar!

—Has vist, la Mari-Lo? Ara es dedica a perseguir en Jordi! Pobre Jordi! No la suporta! Li haig de dir que el meu germà està flipat per la Marina... Has vist que no li ha fet ni cas?

—Qui és la Marina? —va interessar-se.

—És una noia de l'institut. No la conec, però sé que en Jordi s'ha passat tot el curs anant-li al darrere... Me'n va parlar un dia: em va demanar estratègies d'apropament! És tímid, en Jordi, saps? És curiós, la majoria de nois no saben com manifestar-li a una noia que els agrada... L'Ignasi m'ho ha dit, aquesta nit, però no saps com li ha costat!

—I tu, què li has dit?

—Que hem de buscar la manera de quedar-nos sols, algun dia... Anant amb tota la colla no ens podem posar romàntics...

Vam tancar el llum, però no tenia gens de son, tot i l'hora que era.

—Has sortit amb algun noi, tu? —li vaig preguntar.

No va respondre de seguida.

—Vaig estimar un noi... però ell ni se'm mirava. El meu cos... no vaig començar a tenir una mica de pit fins l'any passat. Vull dir que he anat una mica endarrerida en això... I la Florence, una noia de la meva classe, molt provocativa, me'l va prendre. M'ho vaig passar très mal...

—Doncs jo vaig fer el canvi molt aviat —li

vaig explicar amb un cert orgull—. Em va venir la regla a tretze anys...

—I has sortit amb altres nois?

—Només amb un, aquest hivern. Però no va anar massa bé. Va durar molt poc...

Se'm feia desagradable evocar el rostre d'en Pau perquè sabia que havia estat dura amb ell. Dura i injusta. No tenia ganes de parlar-ne, però l'Aline estava encuriosida i va insistir:

—Què va passar?

—La veritat és que no em puc enorgullir gens de la meva relació amb en Pau. No m'agrada recordar-ho...

—Caram...

—És un noi molt sensible, en Pau, i jo vaig sortir amb ell només perquè m'agradava sentir-me tan estimada, m'afalagava, saps? No hauria hagut de permetre mai que es fes il·lusions amb mi. Me'n vaig cansar ben aviat i el vaig deixar plantat sense rumiar-ho dos cops. El pobre es va quedar fet pols...

L'Aline no va parlar durant una estona. Finalment va dir:

—Sempre hauríem de mesurar bé les conseqüències de les coses que fem. Però, crec que, tot i així, ens seguiríem fent mal els uns als altres...

Vaig pensar que tenia força raó, però en

aquells moments no volia posar-me a filosofar, així que li vaig dir:

—Què et sembla? Mirem de dormir?

* * *

Feia escassament una setmana que ens havíem instal·lat a Palamós i em semblava que hi era des de sempre. Malgrat tots els pronòstics inicials, m'havia adaptat perfectament a la família i m'encantava l'estil de vacances dels meus cosins. Al matí anava a la platja amb l'Andrea. La Marta també hi anava, però baixava més tard perquè ella s'encarregava de preparar el dinar. La resta de feines de casa ens les repartíem entre tots i no era gens pesat perquè ens havíem organitzat molt bé. A mi em tocava rentar els plats del sopar i passar l'escombra abans d'anar a la platja. De vegades, també acompanyava la Marta a comprar.

Gairebé cada matí ens trobàvem amb la Mari-Lo a la platja i passàvem les hores torrant-nos al sol i xerrant. La meva pell va passar per tots els tons possibles, malgrat la crema protectora amb què m'havia d'untar cada dia: primer va perdre el to esblanqueït que m'era habitual i se'm va posar tot el cos tan vermell que la Marta em va haver de calmar la cremor amb una tovallola amarada de vinagre; després se'm va pelar tota l'esquena i, finalment, va anar adquirint un to daurat que m'encantava. Ni de bon tros no vaig aconseguir la morenor axocolatada de l'Andrea, però mai, en les estades a Siouville, no m'havia posat tan morena i cada vegada que em mirava al mirall m'agradava més la imatge que s'hi reflectia. La Mari-Lo, en aquells matins de platja, no parava d'enraonar, sempre amb la pretensió de convertir-se en el centre d'atenció i, quan ja n'estava tipa de sentir la seva xerrameca, en comptes de fer com l'Andrea i dir-li que callés, cosa que comportava un posat d'ofesa bastant desagradable, m'aixecava i me n'anava a fer una capbussada. L'aigua del Mediterrani era càlida i convidava al bany, no tenia res a veure amb la platja de Siouville on la fredor de l'aigua i el cel ennuvolat no m'animaven a remullar-me. L'únic inconvenient que veia a la platja de Palamós és que hi havia molta gent i de vegades teníem feina per a trobar un espai una mica ample per posar-hi les tovalloles.

Alguna vegada la Marta ens havia portat, amb el cotxe, a altres racons de la Costa Brava. El paisatge m'era colpidor perquè no s'assemblava en res a les costes de Normandia. També, alguna tarda, havíem anat a passejar per Pals, un poble encantador, o per Platja d'Aro, molt més bulliciós. La Marta s'esforçava per fer la meva estada agradable i per mostrar-me els llocs que pensava que em podrien complaure. Cada vegada que fèiem sortides d'aquestes, a altres pobles de la costa, comprava alguna postal i escrivia quatre ratlles als meus pares. Ells també em van escriure un parell de cartes. Els preocupava que no m'adaptés bé, que no m'agradés el menjar... i crec que m'enyoraven més ells a mi que no pas jo a ells.

Tot era prou perfecte, molt millor del que hauria pogut esperar els primers dies, quan m'havia semblat palpar en l'aire un cert rebuig per part de l'Andrea i no veia gens clar que pogués passar tot un mes en terra estranya sense enyorar-me de casa.

Aleshores encara no sabia, però, que la raó fonamental del meu benestar era un sentiment que tenia amagat molt endins, sense que m'atrevís a confessar-me'l obertament: el sentiment confús que m'impedia de mirar els ulls torbadors d'en Jordi.

No ens vèiem gaire, durant el dia, perquè ell se n'anava amb els seus amics a platges més tranquil·les que la de Palamós. Coincidíem a l'hora de dinar i al vespre. Era el millor del dia, l'hora en què sortíem de casa tots tres, en Jordi, l'Andrea i jo, i anàvem a trobar-nos amb en Litos, en Marc, l'Arnau, en Pep i l'Ignasi.

L'Ignasi estava boig per l'Andrea, ho vaig veure el primer dia perquè no podia dissimular el que sentia per ella i se li escapava l'amor, a glopades, en mirar-la. El dia que vam anar al cinema, l'Andrea em va explicar que li agradava. Jo havia vist que s'agafaven les mans, així com també em vaig adonar que la Mari-Lo perseguia en Jordi descaradament, tan descaradament que tothom ho va notar, fins i tot l'Andrea que, al costat de l'Ignasi, semblava fora d'òrbita. Però també era clar per a tothom que en Jordi no li feia ni cas. No em va resultar gens agradable que l'Andrea m'expliqués la raó de la seva indiferència: en Jordi estava enamorat d'una noia que es deia Marina.

Va ser aquell dia, quan l'Andrea em va parlar per primera vegada d'aquella noia desconeguda, que em vaig adonar d'allò que em passava amb el meu cosí. Em va caure el món al damunt quan vaig saber que en Jordi tenia el cor ben lluny de mi... Però de seguida vaig reaccionar de la manera més racional i positiva que vaig saber. Em deia, em volia convèncer, que era millor així, que seria ben absurd pretendre res més. Vaig posar molt d'esforç a veure'l com un més entre tots els altres de la colla. Vaig intentar ofegar els sentiments que pugnaven per sortir perquè veia que era molt absurd, d'una banda per l'existència de la Marina i, de l'altra, perquè jo no m'hauria conformat a tenir una aventureta de vacances, sense transcendència. Això no anava amb el meu caràcter ni hauria donat resposta als sentiments que m'inspirava el meu cosí.

Durant uns dies vaig estar lluitant coratjosament contra mi mateixa, intentant distreure'm amb l'Andrea, la Mari-Lo i els nois de la colla. Evitava la companyia d'en Jordi i, quan estàvem junts, només feia que parlar de ximpleries perquè ell no pogués endevinar quins eren els meus pensaments més recòndits. Procurava no mirar-lo de front perquè la seva mirada em feia mal. I, no obstant, hauria donat qualsevol cosa per abocar-me als seus ulls...

6

Un dia ens les vam tenir, la Mari-Lo i jo. S'havia ficat entre cella i cella que havia de conquistar el meu germà i es comportava de manera vergonyosa per cridar la seva atenció. En Jordi, és clar, passava totalment d'ella, però la tia ni se n'adonava. Un matí es va començar a plànyer perquè en Jordi i els seus amics no venien a la platja amb nosaltres.

—Se'n van a les caletes, amb les motos —li vaig explicar, tot i que ella ja ho sabia—. No els agrada aquesta platja perquè hi ha massa gent. No poden caçar pops aquí!

—Podrien dedicar-se a caçar altres coses...

—Ja ho veus, prefereixen els pops —vaig dir amb tota la intenció.

—Ah, sí? L'Ignasi també prefereix els pops? —ho va dir en un to que no em va agradar gens.

—No n'has de fer res, tu! —vaig irritar-me.

—És divertit, sortir amb ells a la nit —l'Aline va voler desviar la conversa—. Què podríem fer, avui?

—Ui, el que podríem fer, si volguessin!

—Nena, tu parles molt, però a l'hora de la veritat...

—Qualsevol diria que l'Ignasi i tu feu alguna cosa!

En aquest punt de la discussió jo ja estava ben enfadada.

—Et penses, potser, que tothom és com tu? —li vaig etzibar. A partir d'aquí, les dues vam anar pujant el to:

—Ja t'agradaria, ser com jo!

—Doncs, no sé com ho veus, noia! A qui li agrada ser la riota de tothom?

—Enveja podrida...

—Enveja, de què? Ja no saps què fer per cridar l'atenció dels nois. És patètic!

—Ha parlat l'entesa en la matèria! Tu sí que fas una bona pena, fent manetes amb l'Ignasi al cinema, com si tinguéssiu tretze anys.

—Més val que callis, que no en saps res, de l'amor. O és que hi havia amor en la teva relació amb en Roger? Tu mateixa m'ho vas dir, que només volies tenir-hi rotllo...

—El que passa és que tu ets una beatona que no s'atreveix a anar més enllà! Et penses que en té prou, l'Ignasi, amb el que li dónes? Vols veure com et deixa penjada si li ofereixo alguna cosa més?

—Series capaç, oi? Tens un alt concepte de l'amistat!

—L'amistat, l'amor...! Només són paraules, això!

—Sí, està claríssim, per a tu només són paraules...

L'Aline havia seguit atentament tota la nostra conversa. Va intervenir-hi oportunament, just en el punt on jo pensava entrar a matar. Si haguéssim continuat, és clar que la meva relació amb la Mari-Lo s'hauria trencat definitivament.

—Cadascú és com és, Mari-Lo —va dir—. La qüestió és que tothom busca la felicitat i hi ha diversos camins que es poden seguir. Potser d'aquí a uns anys podríem tornar-ne a parlar...

La Mari-Lo va riure sarcàsticament.

—Que vas a una escola de monges, tu? Us han inflat el cap amb els tòpics de sempre...

—I tu, per què et carregues tots els tòpics? Tan malament t'ha tractat la vida perquè ja no creguis en les grans paraules?

—No n'has de fer res, del que crec o deixo de creure!

—Així, no té cap sentit, aquesta conversa.

—No, no té cap sentit. És evident que no es pot parlar amb vosaltres!

La Mari-Lo es va aixecar bruscament i se'n va anar a banyar-se. L'Aline va sospirar.

—Es pensa que està per damunt de nosaltres...

—Sempre s'ha comportat una mica com una cabra boja, però aquest any s'està passant. Fa una bona pena, no?

—Sí, la paraula que has fet servir abans li escau força: patètica.

—Com vol que en Jordi es fixi en ella, sempre amb aquest posat de meuca!

—Què vol dir «meuca»?

—Dona de la vida, prostituta, puta...

—Vaja, potser t'has passat una mica de rosca, ara. Tampoc no és això... Jo penso que la Mari-Lo només vol cridar l'atenció, com si necessités que algú l'estimi...

—Ah, té gràcia la cosa! Tots necessitem que algú ens estimi i no per això anem fent el ridícul d'aquesta manera, no?

Quan va tornar de l'aigua, la Mari-Lo va fer exactament com si no haguéssim tingut aquella discussió. Segur que, mentre es banyava, va estar sospesant què li convenia més i, naturalment, si s'hagués enfadat amb nosaltres no hauria tingut ningú amb qui passar les hores. Per tant, va tornar a la seva tovallola amb el seu somriure més radiant:

—Ei, noies, us hauríeu d'anar a banyar: l'aigua està de meravella, avui!

* * *

Em sentia malament, malgrat que, en aparença, tenia tot el que en altres estius m'havia fet sentir completament feliç. I encara més perquè era fantàstic, poder anar amb les motos, tots plegats, a les caletes on no hi havia gairebé ningú. Però sovint, en aquells llargs matins de platja, em trobava assegut a les roques, mirant el mar, sentint el seu moviment, deixant-me enlluernar pels reflexos del sol en l'aigua blavíssima i no era serenor el que m'envaïa. Crec que, en essència, em sentia buit, insatisfet. Tenia la sensació que hi havia alguna cosa que era allà, flotant imperceptible, planant al meu voltant, invisible als meus ulls, manifestant-se només lleument, desapareixent a l'acte, abans que em pogués adonar de la seva presència, igual com el vaivé d'un somni recordat com un flaix, ara acostant-se, ara allunyant-se.

Sabia que em faltava alguna cosa vital i per això vaig anar a Calella.

Aquell dia vaig marxar de casa, com cada matí, a trobar-me amb els companys. Com sempre, vaig portar en Litos amb la meva NS-1 fins a les caletes perquè no volia xafar-li el matí, deixant-lo sense mitjà de transport i, un cop allí, vaig informar els meus companys que me n'anava a fer un tomb per Calella. Es van sorprendre, és clar.

—Què se t'hi ha perdut, ara, a Calella? —va preguntar l'Arnau.

—Una amiga meva hi estiueja.

—Ah, caram! Puc venir? —en Marc sempre estava a punt. Li encantava el moviment.

—Ei, no em deixis aquí tirat, eh? —en Litos, és clar, no volia tornar caminant.

—No, home, no! Només hi vaig a donar una ullada... Seré aquí abans de les dues.

Vaig passar els deu minuts de camí preguntant-me què li diria a la Marina, si és que la trobava. Em vaig acabar convencent que no la veuria i, per tant, no calia que em capfiqués pensant en la reacció que tindria ella o en què li havia de dir.

Vaig deixar la moto molt prop de la platja i vaig escrutar l'estesa de tovalloles que cobrien la sorra intentant imaginar quin aspecte tindria la Marina en banyador i ben bronzejada pel sol inclement. Era pràcticament impossible trobar algú entre tanta gent. Vaig respirar alleujat.

No vaig marxar d'allí a l'acte, en constatar

que pretenia trobar una agulla en un paller. O no ho pretenia realment? Volia o no volia veure-la? Me les vaig fer, aquestes preguntes, assegut en un bar, sota les arcades, des d'on podia contemplar la platja, buscant amb els ulls la Marina, assegurant-me que no hi era, tranquil·litzant-me.

I, ves per on, va ser ella qui em va trobar a mi. No se m'havia acudit que, des de la platja, era molt més fàcil distingir els quatre gats que ens manteníem a l'ombra de les porxades. La vaig veure quan ella ja estava prop meu i venia directament cap a mi perquè m'havia reconegut malgrat el camuflatge de les ulleres de sol. No tenia escapatòria possible.

—Jordi! Què hi fas, tu, aquí? —se'm va acostar per plantar-me un parell de petons a les galtes.

—Ei, Marina! Quina casualitat! —em sembla que vaig envermellir en pronunciar aquelles paraules.

Es va asseure al meu davant, a l'altre costat de la tauleta blanca.

—Explica'm... Passes uns dies aquí? —ella no semblava massa trasbalsada.

—No, només he vingut a fer un tomb. Vols prendre alguna cosa? M'estic a Palamós, jo —vaig ser conscient que parlava atropelladament, sense deixar-li temps per a respondre.

—Sí, prendré una aigua: estic deshidratada! Així, passes les vacances a Palamós? Que n'és, de petit, el món!

Vaig cridar el cambrer i li vaig encarregar l'aigua.

—Sense gas, si us plau —va puntualitzar ella.

Estava molt maca. Duia un biquini negre que contrastava esplèndidament amb la seva pell morena. El seu cos era perfecte, ja ho havia intuït la primera vegada que em vaig fixar en ella, però ara la seva bellesa es desplegava al meu davant sense cap dissimul.

—I tu? Què hi fas, a Calella? —em vaig sentir com un imbècil just acabada de pronunciar la pregunta. Era evident què hi feia.

—Passaré tot el juliol aquí. És una canya, aquest poble! M'encanta!

—Sí, està molt bé...

Va servir-se l'aigua que el cambrer acabava de deixar damunt la taula.

—Saps a qui vaig veure, l'altre dia?

—Algú de l'institut?

—Sí! No t'ho imaginaries: en Pere Sallarès!

—En Sallarès a la platja? Que bo!

—Cridava l'atenció: estava blanc com un full de paper. Hauries d'haver vist la seva dona, fan una parella!

—No me'l sé imaginar fora de l'institut... Ni mai hauria dit que fos casat!

En aquest punt de la conversa em vaig adonar que estava parlant amb la Marina absolutament tranquil, sense que la seva proximitat em fes tremolar. L'impacte del primer moment havia desaparegut del tot.

—Saps, Marina? No és una casualitat que ens hàgim trobat... He vingut perquè sabia que passaves les vacances aquí.

Ni jo em creia que pogués ser tan sincer amb ella.

—Ho dius de debò? Vols dir que has vingut amb la intenció de veure'm?

—Això mateix. La teva amiga Laia li ho va dir a l'Arnau i...

—Veig que les notícies volen. A l'institut tot és del domini públic.

—Sí, ja saps com van, aquestes coses... Però, de fet, no era pas un secret, oi?

—No, és clar, però mai no hauria dit que algú es pogués interessar pel que faig durant les vacances.

—Doncs, ves per on, a mi em va interessar...

Si mitja hora abans m'haguessin dit que parlaria amb la Marina en aquell to, tan francament, confessant-li sense vergonya que estava al cas dels seus moviments, no m'ho hauria cregut. En realitat, el que va passar va ser que ens vam intercanviar els papers. Jo estava tan tranquil com si el meu interlocutor fos en Marc, o en Litos, o l'Arnau, o l'Andrea. En canvi ella, la Marina, quan va entendre el perquè de la meva presència a Calella es va posar nerviosa. Va beure un parell de glops d'aigua, evitava els meus ulls, callava.

—És curiós: a l'institut em costava moltíssim parlar amb tu i avui, ja veus...

—Ja... Vaja... Et costava parlar amb mi?

—No ho havies notat?

—No. Bé... És a dir...

Vaig deixar el tema.

—Estàs amb els teus pares, aquí?

—Sí. I amb els meus germans.

—No sabia que tinguessis germans.

—Són petits: encara no vénen a l'institut.

S'hi va fer un silenci una mica enutjós. El vaig trencar jo:

—Si vols venir a Palamós, algun dia...

Em vaig aixecar.

—Ja te'n vas?

—Sí, m'esperen els meus amics. Els he deixats en una cala i un d'ells ha de tornar a Palamós amb la meva moto...

—Doncs...

Aquesta vegada vaig ser jo qui li va fer un parell de petons.

—Ja ens veurem...

Vaig entrar a l'interior del bar a pagar les consumicions. Quan vaig tornar a sortir, la Marina ja no hi era. La vaig veure d'esquena, caminant per la platja. No em va causar cap recança allunyar-me d'ella.

Havia anat a Calella pensant que si veia la Marina, si podia parlar amb ella, aquell neguit que sentia desapareixeria per encanteri. Estava ben convençut que aquella noia podria treure'm del pou de tristesa on estava ficat. Encara no era gens conscient que la meva malenconia no tenia res a veure amb la Marina...

* * *

L'Andrea i la Mari-Lo havien tingut una discussió que hauria pogut acabar malament. Totes dues tenien les llengües ben esmolades i no es van tallar gens a l'hora de cantar-se les veritats. No sé què hauria passat si jo no hagués estat allà per suavitzar la situació...

Aquella tarda, la meva cosina em va proposar d'anar caminant per la platja fins a Sant Antoni de Calonge. Normalment érem nosaltres qui anàvem a buscar la Mari-Lo per fer el volt de la tarda o, de vegades, quedàvem davant de La Lluna, un restaurant del Passeig. Aquell dia, ni l'una ni l'altra no va proposar de passar-la a buscar.

La Mari-Lo, quan volia, era molt simpàtica, però, a mesura que l'anava coneixent, vaig anar descobrint que no era el tipus de persona que m'interessava.

Vam parlar d'ella, l'Andrea i jo, mentre caminàvem ran d'aigua, amb les sabates a la mà.

—Cada any està pitjor, passa de tot, sembla que no tingui sentiments...

—Podria ser... no sé, una mena d'escut, una màscara que es posa perquè els altres no puguin veure com és realment?

—No ho sé, però, sigui com sigui, no m'agrada gens la seva actitud: està obsessionada amb els nois i es pensa que tots hem de ser com ella. Ho has vist? Ha dit que jo em comporto com una nena de tretze anys...

—Estic segura que ella enveja la teva relació amb l'Ignasi. Jo crec que el que li passa és que necessita sentir-se estimada... És clar que això no justifica que vagi darrere els nois d'aquesta manera...

—Si l'únic que aconsegueix és posar-se en ridícul! Ja veus en Jordi, no li fa ni cas i mira que se'n podria ben aprofitar, d'aquesta situació...

Vam callar un moment. La sorra de la platja era calenta sota els nostres peus. Es feia agradable caminar-hi. L'Andrea va reprendre el tema de la Mari-Lo, ara per explicar-me alguna cosa més d'aquella personalitat singular que a mi em costava tant d'entendre:

—Això que has dit, que et sembla que es comporta d'aquesta manera estúpida perquè necessita l'afecte d'algú... Segurament no t'equivoques gens: la seva situació familiar és força complicada. Te n'he parlat mai?

—No.

—Doncs és molt fort... No en sé gran cosa perquè ella no en vol parlar, però sé que la seva mare ha estat a la presó diverses vegades, per tràfic de drogues... Fa anys que la Mari-Lo viu amb els seus avis.

—I el seu pare?

—No en sé res. Pots comptar que ni el coneix.

—Caram! No és d'estranyar que tingui les seves rareses...

Jo sabia, és clar, que hi ha moltes famílies desestructurades, situacions realment dramàtiques, però mai no havia conegut personalment un cas d'aquests. El meu poble era un poble d'agricultors, on tothom menava una vida tranquil·la i sense complicacions que anessin més enllà de les preocupacions entorn de les collites. Em resultava colpidor saber que la Mari-Lo, una persona que estava tan a prop meu, tingués aquesta mena de conflictes a casa seva.

—S'entén que tingui rareses, però no sé si la seva problemàtica familiar justifica tot el que ella faci. És molt còmode, no?

—T'ho va explicar ella, tot això?

—No, va ser la seva àvia qui me'n va parlar. Crec que m'ho va dir perquè tingués paciència amb ella, com si em demanés que l'ajudés...

—És trist... M'ha sobtat molt, tot el que ha dit aquest matí. Sembla com si... com si no tingués cap esperança, com si estigués convençuda que no hi ha res a fer. Veu només els aspectes més negatius de la vida... A la seva edat no es pot haver deixat de creure en l'amor!

Vam caminar una estona en silenci pel trencant de les ones. A la platja hi havia gent, però no tanta com al matí. La brisa marina bufava suau i no teníem sensació de calor. Em sentia molt a prop de l'Andrea, com si haguéssim estat amigues tota la vida. No em va costar gens preguntar-li:

—I tu, veus el teu pare? Mai no m'has parlat d'ell...

—Sí, és clar que el veig!

—Fa molt de temps que es va separar de la teva mare?

—Sí, ja fa anys... El temps suficient per a haver-ho superat... Ell viu amb una noia, la Pilar. És simpàtica, més jove que la mare... A l'estiu, com que som aquí, no ens veiem, però durant el curs anem sovint a sopar amb ells, o a dinar.

—I la Marta, no es vol tornar a casar?

—La mare? No! Diu que mai no havia estat tan bé com aquests anys. Ha tingut alguns amics, però sempre diu que no vol lligar-se a ningú, que li agrada ser independent.

—Treballa?

—La mare? Sí, és clar! No sabria estar-se a casa tot el dia! És mestra, una bona feina perquè té moltes vacances. Em sembla que jo també em dedicaré a l'ensenyament...

—Jo no sé pas si sabria encaixar que els meus pares se separessin, saps? Per començar, ja no sabria amb quin dels dos voldria viure, no podria renunciar ni a l'un ni a l'altra...

—Són coses que no te les pots plantejar... Vénen i ja està, t'hi trobes al mig i no pots evitarho. I tampoc no has de decidir així, fredament, si te'n vas amb un o et quedes amb l'altra... Almenys no va ser així en aquest cas: el pare se n'anava a viure amb una altra dona. Ni ens vam plantejar d'anar a viure amb ells!

Va ser agradable, el passeig. L'Andrea i jo sintonitzàvem cada vegada millor. Li ho vaig dir:

—Saps, els primers dies de ser a casa teva no em pensava que la meva estada aquí pogués ser tan agradable... Em sento molt bé ara...

—Sé que vaig estar odiosa, al principi: no em venia gens de gust que vinguessis, la veritat.

Em va sorprendre que fos tan franca.

—No? Per què?

—Perquè havíem fet plans, una amiga meva, la Laura, i jo per aquest estiu. Ella havia de venir a passar uns dies aquí i, després, jo havia d'anar una setmana a Camprodon. Però, ja ho veus, l'apartament és massa petit perquè pugui venir... Em va fer molta ràbia haver de renunciar als nostres projectes...

—Ho sento... Si ho hagués sabut...

—No hauries vingut?

—No sé, potser no.

—I no ens hauríem conegut mai... Saps? M'està molt bé, haver-te conegut. És fantàstic tenir sempre algú de la teva edat amb qui comptar.

La sinceritat de la meva cosina, el to de la

nostra conversa, la tarda tranquil·la, la sorra càlida sota els nostres peus... Tot m'invitava a seguir parlant amb ella sense amagar-li res. Vaig estar certament temptada d'explicar-li que hi havia alguna cosa al meu interior que m'impedia de ser completament feliç, allò que em dolia tant i que, malgrat tot, procurava ignorar, com si no existissin els sentiments que en Jordi havia fet néixer en mi... Cada dia que passava creixia més aquella sensació desagradable que era el resultat de la lluita que mantenia amb mi mateixa.

Segurament l'Andrea m'hauria ajudat perquè sempre és bo que, quan estàs trasbalsat per sentiments incontrolables, una persona amb el cap clar, des de fora, t'aconselli. Però en aquells moments, tot aquell tema em semblava tan absurd, tan impossible, i m'entestava tant a negar-me l'evidència, que no vaig dir-li'n ni una paraula.

Ho vam deixar així.

7

Amb en Jordi, cosa estranya, passàvem una temporada d'allò més pacífica. Des de la nostra arribada a Palamós no havíem tingut cap enganxada. Crec que la presència de l'Aline suavitzava força la seva bel·licositat habitual. En anys anteriors, per exemple, no se li hauria acudit que jo pogués sortir amb ell i els seus amics com ho fèiem aquest estiu. A més, s'havia adonat, és clar, del que passava entre l'Ignasi i jo, i això ens acostava perquè, en definitiva, l'Ignasi era amic seu. Mirava amb bons ulls aquella relació perquè l'Ignasi era el més centrat de tota la colla, el més seriós. Els altres també eren bons nois, però se'ls veia més esbojarrats, més superficials, menys madurs.

Tot i que de vegades m'hauria agradat passar unes hores amb l'Ignasi, a soles, mai no ens havíem separat del grup. Ens trobàvem cada nit, ens miràvem tendrament, caminàvem sempre l'un al costat de l'altra i sovint ens endarreríem o ens avançàvem uns metres de la resta de la colla, però ni ell ni jo no havíem tornat a parlar de «perdre'ns», com va suggerir ell el dia del cinema.

Una nit van fer sardanes al Passeig i la mare va insistir perquè les anéssim a veure amb l'Aline. Quan ens vam trobar amb els nois i els vam dir que aniríem a sardanes, van arrufar el nas.

—A sardanes? Quin avorriment!

—De debò hi voleu anar?

—L'Aline no sap què són, les sardanes. Li agradarà veure-ho...

—Jo no vinc. És un pal!

No vam insistir gaire perquè tant en Jordi com jo també pensàvem que les sardanes eren avorrides. Vam entendre que ningú volgués acompanyar-nos.

—Fem una cosa —va proposar en Jordi—: nosaltres hi anem una estona, perquè l'Aline se'n faci una idea, i després ens podem trobar en algun lloc. On anireu?

—No sé... Podríem quedar al Lloro Verd, per exemple, d'aquí a una horeta?

—El Lloro Verd altra vegada? Si ja hi vam anar ahir! —va protestar en Pep.

—Anem al port —va suggerir la Mari-Lo.

Vam quedar que ens trobaríem al port al cap d'una estona. Marxàvem ja cap al Passeig quan l'Ignasi se'ns va afegir.

—Vinc amb vosaltres —va dir només.

Li vaig agrair el gest amb un somriure i vam caminar darrere en Jordi i l'Aline. Al Passeig ja s'hi havia concentrat molta gent, la majoria persones grans i nens que corrien amunt i avall sense acabar la corda.

—No saps ballar sardanes? —em va preguntar l'Ignasi.

—No. Bé, més ben dit, sé fer els passos, però mai no he seguit el ritme. I tu, en saps?

—Sí, vaig ser d'una colla sardanista, fa uns anys. Era divertit.

La cobla va començar a tocar. Algunes persones es van concentrar per comptar els compassos. L'Ignasi li va explicar a l'Aline que abans de començar a ballar s'havia de comptar i repartir. Li va ensenyar els passos de la dansa i com es comptava: primer els curts, després els llargs... Quan es van començar a formar les rotllanes ens va proposar que en féssim una, nosaltres quatre.

—Així l'Aline, a més de veure-ho, hi podrà participar...

—No fumis, tu! —va protestar en Jordi—. Fa mil anys que no ballo una sardana!

—Va, animeu-vos —es va engrescar l'Aline—. M'agradarà aprendre'n.

Va ser un desastre autèntic perquè l'Ignasi

era l'únic que sabia què feia i els altres seguíem com podíem. L'Aline no se'n sortia, però es divertia molt.

Un cop acabada la sardana l'Ignasi no va deixar lliure la meva mà. Era la primera vegada que ens agafàvem descaradament, sense preocupar-nos que ens veiessin els altres.

—Què, Aline, en vols ballar una altra? —li va preguntar en Jordi.

—Uf, no! És molt cansat, això.

—Què fem, doncs? Anem al port? —l'Ignasi no semblava tenir-ne gaires ganes.

Vam encaminar-nos cap allà, sense presses, l'Ignasi i jo encara agafats de la mà. L'Aline i en Jordi ens seguien. No sé de què parlaven, però mantenien una conversa animada.

Algunes parelles passejaven pel moll, però els nostres amics no es veien enlloc.

—Vaja, on deuen haver anat? —va preguntar en Jordi sense esperar resposta.

—No els buscarem per tot el poble! —va dir l'Ignasi convençut.

—Però no havíem quedat aquí? —l'Aline estava estranyada.

—Deuen haver canviat d'idea —vaig opinar jo.

—Què fem?

Vam estar uns instants esperant que algú decidís. Va ser l'Ignasi qui va proposar:

—Anem a buscar les motos i ens acostem a La Fosca, a veure les estrelles?

A tots ens va semblar una bona idea. Pel que a mi fa, preferia seguir amb en Jordi, l'Aline i l'Ignasi abans que retrobar els altres. Em sentia romàntica. L'Ignasi, segur, preferia també aquella certa calidesa que hi havia entre els quatre, més que la gresca de tota la colla.

Vam anar a buscar les motos i, com és lògic, jo vaig pujar en la de l'Ignasi i l'Aline en la del meu germà. La Fosca no era lluny i, mentre fèiem el camí, agafada a la cintura de l'Ignasi, vaig desitjar que els quilòmetres es multipliquessin. Hauria pogut estar hores i hores tan a prop seu, sentint l'olor de la seva colònia i els seus rínxols llargs que li sortien per sota el casc pessigollejant-me la cara.

Però va ser un viatge molt curt. Vam deixar les motos i vam caminar una estona per la sorra. La platja estava deserta i no hi havia lluna. Les estrelles semblaven a tocar de mà i la remor de les ones era una simfonia inacabable creada expressament per acotxar paraules d'amor.

—Seiem aquí? —va proposar l'Ignasi.

I l'Aline, abans que en Jordi o jo poguéssim contestar, va dir:

—Anem fins a l'extrem de la platja, nosaltres?

Quedava clar que el que pretenia era que l'Ignasi i jo poguéssim estar sols una estona. Va ser un detall.

Ens vam asseure, molt junts. L'Ignasi em va passar el braç per damunt les espatlles. Vam estar així, ben quiets, uns minuts, mirant el cel i el mar. Després, quan el meu germà i l'Aline ja s'havien allunyat força, l'Ignasi em va començar a parlar a cau d'orella. I ens vam besar llargament, amb la serenor del mar encalmat remorejant inalterable.

* * *

Em feia l'efecte que coneixia la Marta, l'Andrea i en Jordi de tota la vida. Se'm feia una mica estrany que la figura del pare fos absent en aquella família. L'Andrea me n'havia parlat alguna vegada, però no semblava pas que la situació familiar fos un impediment per a la seva felicitat. La Marta no mencionava mai el seu exmarit i no se la veia gens amargada per aquesta qüestió, ben al contrari. Un dia l'Andrea em va explicar que, abans, quan el seu pare encara vivia amb ells, la Marta tenia un caràcter apagat i tristoi i que, des que s'havien separat se li havia il·luminat la mirada.

La veritat és que la Marta era una dona alegre i activa que, de qualsevol cosa, en feia una festa. Preparar una paella, portar-nos a visitar els llocs que li agradaven, fer-se reflexos rossos als cabells, sortir a fer un volt amb algunes amigues... Tot era viscut per ella amb una dimensió transcendent, com si tingués sempre present el lema *carpe diem*.

Però el més divertit del dia era sortir amb tota la colla, els vespres. Els amics d'en Jordi sempre estaven de bon humor i ens fèiem uns bons tips de riure.

El dia que vam anar a veure les sardanes, havíem quedat de trobar-nos amb els altres, després, al port, i no hi eren. A l'Andrea i a l'Ignasi, que estaven molt ensucrats aquella nit, no va semblar que els disgustés gens la idea de passar una vetllada sense el bullici de tota la colla. L'Ignasi ens va proposar d'anar a La Fosca i l'Andrea va dir que sí de seguida. Fins aleshores mai no havíem agafat les motos, a la nit, perquè només l'Ignasi, en Marc i en Jordi en tenien i no podíem traslladar-nos tots. Era clar que l'Andrea aniria en la moto de l'Ignasi i, per tant, jo havia d'anar amb en Jordi. Sortosament el trajecte va ser curt perquè m'incomodava molt la proximitat inevitable d'en Jordi. No vaig tenir altra alternativa que abraçar-me a la seva cintura i era una sensació tan plaent que em feia mal...

Vam deixar l'Andrea i l'Ignasi asseguts a la sorra, envoltats pel seu tel de romanticisme i nosaltres dos vam anar caminant per la platja. Si hagués deixat brollar lliurement les paraules, li hauria dit a en Jordi que desitjava passejar agafada de la seva mà i les meves paraules haguessin precipitat els esdeveniments. Però, contràriament al que sentia, em vaig esforçar per no parar d'enraonar de temes intranscendents que no tinguessin res a veure amb nosaltres. Recordo que vam parlar de cinema i de literatura i també ens vam explicar coses de l'institut, dels profes, dels companys de classe.

Els dos evitàvem de mirar-nos als ulls, caminàvem l'un al costat de l'altra, mirant endavant i si, en algun moment, els nostres ulls es trobaven, ens afanyàvem a desviar-los. Jo sabia que en Jordi estimava una noia que es deia Marina i, a més, em resistia a permetre'm de sentir res per ell perquè els mil quilòmetres que separaven casa seva de casa meva eren un escull prou considerable.

Quan vam arribar a l'extrem de la platja, em va preguntar:

—Seiem una estona? Val més que deixem una mica més de temps a aquests dos —va assenyalar amb el cap l'Andrea i l'Ignasi, dues figures fosques, allà lluny.

Vam seure, nosaltres també, a la sorra. Els temes de conversa van desaparèixer sobtadament i em vaig trobar contemplant el mar i el cel, immersa en un silenci necessari. En Jordi es va ajeure de cara al cel, amb les mans darrere el clatell i tampoc no va parlar durant uns llargs minuts.

Recordo que vaig intentar endevinar cap a on anaven els seus pensaments i la figura desdibuixada d'una noia planava entre nosaltres i em vaig sentir gelosa dels instants que ell li dedicava.

Va ser molt dur, sentir-lo tan a prop meu, en aquella situació que incitava a manifestar sentiments fondos, i haver-me de negar el desig intens que impulsava les meves mans a acariciar-lo. Però van anar passant els minuts, teixint un silenci espès entre nosaltres, com una paret que ens separés, alta i gruixuda. Érem tan a prop i tan lluny alhora!

Bruscament, en Jordi es va posar dempeus i va dir, com una fuetada:

—Anem?

* * *

Quan vaig marxar de Calella, després de la breu trobada amb la Marina, vaig saber que no era ella el que em faltava, que aquella noia que m'havia agradat no era la causa dels meus neguits.

Pocs dies després vaig descobrir que era la proximitat de l'Aline el que em feia sentir tan desassossegat. Quan ens vam donar la mà per ballar una sardana va semblar que tot el meu cos era sacsejat per una descàrrega elèctrica. Va ser en aquell moment que ho vaig saber i una desesperança intensa, una tristor ampla em va envair. Havien passat gairebé dues setmanes des de la seva arribada i, per tant, només faltaven uns quinze dies perquè desaparegués de la meva vida. Quin futur podia tenir amb ella?

Si haguéssim trobat la resta de la colla, aquella nit, potser hauria pogut fer fora les idees que em martellejaven al cap. Però no els vam veure al port, on havíem quedat amb ells, i vam haver de canviar de plans.

No va ser una bona idea anar a La Fosca, tal com estaven les coses. La meva germana i l'Ignasi estaven aïllats dins el seu núvol i no podia comptar amb ells perquè m'ajudessin a mantenir-me a distància de l'Aline, al contrari, l'actitud romàntica d'ells dos semblava pressionar-me per fer algun pas que descobrís els sentiments amagats.

Tampoc no hi va ajudar gaire el fet d'anar amb les motos. L'Aline va pujar amb mi, és clar, i mentre empassava carretera sentint el seu cos enganxat al meu, els seus braços nuant-me la cintura, la tensió se'm feia insuportable.

Quan vam arribar a La Fosca l'Andrea i l'Ignasi estaven al punt de caramel i els vam deixar sols en un extrem de la platja.

L'Aline, per sort, estava molt xerraire i vam passar una llarga estona caminant per la platja, enraonant tots dos de temes intranscendents que em servien de cuirassa. Però, quan ens vam asseure a la sorra i se'ns van acabar les paraules, em va resultar molt difícil controlar-me.

Em vaig ajeure i em vaig concentrar en les estrelles que, com que no hi havia lluna, brillaven esplèndidament. Vaig intentar ignorar la presència tan pròxima de l'Aline, però només ho vaig aconseguir durant uns breus moments. Ella semblava abstreta en la contemplació del mar. Vaig fixar els ulls en la seva esquena. Duia els cabells curts i el seu coll s'oferia, nu, als meus llavis. No sé què hauria donat per poder besar el seu coll, just allí on començava la corba de la seva espatlla. No podia desviar els ulls d'aquell punt i la idea de besar-la em va obsessionar fins a l'extrem que vaig incorporar-me amb l'impuls de fer-ho. Però vaig desviar el moviment del meu cos i em vaig aixecar.

—Anem? —vaig dir. I la veu em va sortir tota enrogallada, fragmentada en mil ressonàncies, traint cruelment la meva voluntat.

8

A mitjan juliol vam conèixer la Sandra, una noia d'uns dinou anys i posat desafiant que es podia permetre el luxe de passar quinze dies en un bon hotel del Passeig.

Va ser una nit, al Lloro Verd, el pub on solíem anar. L'ambient que hi havia era molt variat, des de jovenalla com nosaltres fins a fòssils solitaris que hi buscaven qui sap què.

La Sandra era a la barra, avorrida, i se'ns mirava amb un cert menyspreu per la gatzara que organitzàvem a la taula del racó, la nostra preferida.

Quan en Marc va acostar-se a la barra per demanar les consumicions vaig veure que la noia li adreçava la paraula. En Marc ens va assenyalar, suposo que per explicar-li que estava amb nosaltres, i ella el va acompanyar fins a la nostra taula amb un somriure forçat als llavis. En Marc, amb cara de voler dir «no he fet res, jo», ens la va presentar.

—Aquesta és la Sandra.

La Mari-Lo va apressar-se a fer-li un lloc al seu costat, suposo que una mica impressionada pel fet que una noia com la Sandra ens fes l'honor de buscar la nostra companyia.

La nouvinguda va ser la protagonista de la vetllada. Cridant per damunt la música ens va explicar que acabava d'arribar a Palamós i que no coneixia ningú. Ens va demanar què es podia fer, a les nits, on es podia anar, quines mogudes hi havia al poble.

Nosaltres que, tret del Lloro Verd, no freqüentàvem locals nocturns, no vam donar-li gaire informació. En Litos, que tenia un germà gran i estava més al cas d'aquell tema, li va dir que a Platja d'Aro hi havia molt més ambient.

—Ah, sí? —es va engrescar ella—. Doncs, anem-hi, no?

—Nosaltres ens ho passem bé aquí —la va tallar l'Ignasi.

—No m'agraden les discoteques —va apuntar el meu germà.

I la Mari-Lo, que estava embadalida al costat de la Sandra, va ser l'única que va acceptar la seva idea.

—Oh, sí! Jo m'hi apunto! Tens cotxe?

I la noia, amb un aire de superioritat horrible, va somriure.

—És clar que tinc cotxe. Som-hi?

La Mari-Lo no va veure —o no va voler veure— la mirada que li vaig llençar. No em semblava gens bé que se n'anés amb aquella noia desconeguda.

—Adéu, nois! Ens veurem demà! —va fer alegrement la Mari-Lo.

Ningú no la va aturar, però tots, de seguida que van haver sortit del local, vam comentar que la Mari-Lo estava una mica boja per anar-se'n amb aquella noia.

Els dies que van seguir gairebé no la vam veure. Va deixar d'anar a la platja, els matins, perquè, segons ens va dir, se n'anava a dormir avançada la matinada.

—Hauríeu de venir amb nosaltres: hi ha un ambient increïble, a Platja d'Aro! Saps a qui vaig veure, ahir?

—En Johnny Deep? —vaig bromejar.

—Què dius, dona? Vaig trobar el Ros! Ara sé per què no li vèiem el pèl! Passa la nit a la disco i de dia deu dormir...

—Ja... —anava a afegir «igual com fas tu», però m'ho vaig callar.

—La Sandra és una bona tia —ens va explicar, tot i que no li havíem preguntat res—. Ahir em va convidar a sopar...

Volia demanar-li què en pensaven, els seus avis, dels nous horaris i de les noves amistats, però vaig decidir que no era un tema de la meva incumbència. Era evident que l'amistat —fràgil— que ens havia unit en anys anteriors, s'estava quedant en no res aquell estiu. Era clar que els camins de la Mari-Lo i els meus divergien cada dia més.

Nosaltres no havíem tornat a veure la Sandra. Tampoc no hi teníem absolutament cap interès. L'Aline i jo havíem comentat que a la Mari-Lo, tan inestable i tan esbojarrada com la vèiem, només li faltava deixar-se portar per una noia molt més gran que ella que únicament volia viure la vida nocturna. No pintava gens bé... Però, què hi podíem fer, nosaltres?

* * *

Després de la nit que vam anar a La Fosca vaig notar que en Jordi evitava les situacions que podien comportar una certa intimitat entre nosaltres. Per exemple, un matí que l'Andrea no es trobava massa bé, la Marta li va dir al seu fill que m'acompanyés ell a la platja ja que l'Andrea no baixaria. I ell, nerviós, va dir-me que ho sentia molt, però que ja havia quedat amb els de la colla. Un altre dia ens vam quedar sols a l'apartament perquè l'Andrea havia acompanyat la seva mare al súper i ell va buscar una excusa per anar-se'n.

A més, se'l veia malhumorat i tornava a mantenir discussions absurdes amb la seva germana. Estava esquerp i agressiu i, quan sortíem amb la colla, no semblava mai satisfet amb els llocs on anàvem o amb les bromes divertides que ens fèiem els uns als altres.

Em sabia greu notar la seva infelicitat i, si m'hagués atrevit, li hauria preguntat què li passava, perquè era evident que n'hi passava alguna. Però tampoc no vaig tenir ocasió de preguntar-li-ho perquè em deixava un marge molt estret de comunicació.

Va ser un dia d'aquells, ben passat ja l'equador de les meves vacances a Catalunya, que vam anar, la Marta, l'Andrea i jo a Empúries. En Jordi, tot i que la Marta li va dir que dinaríem fora, no va voler acompanyar-nos. Va dir que ja s'espavilaria, per dinar, que es prepararia qualsevol cosa.

Em va doldre que no vingués. No m'era gens agradable, atès el que jo sentia envers ell, constatar que li importava un rave estar a prop de mi o no.

A Empúries hi ha unes magnífiques ruïnes

gregues i romanes de les quals destaquen, sobretot, els mosaics. Passejar per carrers que tants anys enrere havien estat trepitjats per persones vingudes de lluny, que van canviar l'estil de vida dels antics pobladors de la península Ibèrica, em va fer sentir molt petita, molt poca cosa enfront de cultures tan antigues i que van tenir tanta repercussió per a transmetre, generació rere generació, una cultura que va ser la base de la nostra.

Després de visitar detingudament les ruïnes i el museu, vam anar a l'Escala, un poble costaner, a tocar d'Empúries, que em va agradar molt. Allí, en un restaurant des d'on es podia veure el bategar incessant del mar, vam dinar i vam fer, les tres, una agradable sobretaula.

La Marta, molt contenta de veure el meu interès per conèixer els indrets on m'havia portat, em va dir que un altre dia aniríem a Cadaqués i jo, tot i que m'agradava realment assaborir l'encant de la Costa Brava, vaig pensar que em sabria greu dedicar un altre dia sencer a una activitat de la qual en Jordi no participaria. M'adonava que el temps s'anava escolant entre els meus dits i cada minut que passava lluny del meu cosí em semblava un minut perdut.

A l'Escala vaig comprar algunes postals per enviar-les als meus pares i a les meves amigues.

Quan les vaig escriure vaig tenir la sensació d'estar a mil anys llum de tot allò que, fins ara, havia estat la meva vida.

* * *

En comptes d'aprofitar al màxim els dies que la meva cosina estaria amb nosaltres, el que vaig fer va ser intentar de crear distàncies entre ella i jo per tal de sufocar els sentiments que m'inspirava. Els meus raonaments eren del tot cerebrals i s'ha d'entendre la meva reacció: on m'havia de portar, enamorar-me d'ella?

Em repetia sovint una sola paraula que esdevenia un martelleig insuportable: marxarà, marxarà, marxarà.

Igual que els primers dies, quan feia el possible per escaquejar-me perquè no volia que la seva presència capgirés les meves vacances, vaig pretendre mantenir-me lluny d'ella. M'espantava pensar què podria passar si, altra volta, es donaven circumstàncies com la d'aquella nit que vam anar a La Fosca.

Però m'estava negant una cosa que desitjava vivament i el resultat d'aquella renúncia que m'imposava va ser una tensió i un neguit que no em permetien de sentir-me bé enlloc ni amb ningú. Més ben dit, només oblidava les meves cabòries, ocasionalment, quan em submergia en el fons marí que sempre m'havia apassionat.

Va ser un dia d'aquells que vaig caçar la morena.

Tenia un fusell aquàtic molt bo que la mare m'havia regalat per l'aniversari, dos anys enrere. Amb aquella arma havia enxampat una pila d'escórpores i una quantitat considerable de pops. De vegades, quan veia els pobres animals enforquillats, tenia remordiments de consciència, però mai no vaig pescar-los en va perquè la mare feia sopes molt saboroses amb les escórpores i els pops també eren un plat ben celebrat a la nostra taula.

Passava hores a l'aigua, amb les ulleres de tub i els ànecs, explorant els fons marins, buscant possibles preses i deixant-me fascinar amb la visió dels bancs de peixos gairebé fosforescents, de les estrelles de mar, de les algues mogudes per les ones.

Aquell dia vam quedar-nos en una caleta menuda que sempre estava deserta perquè no hi havia ni un pam de sorra sinó que tot eren roques cantelludes que no agradaven a ningú. Vaig ficar-me a l'aigua amb en Litos, però aviat ens en vam anar cadascun per les seves. Jo volia explorar unes roques que em va semblar que podien ser cau de pops. Em vaig submergir poc més d'un metre i vaig resseguir amb els ulls tots els forats i les escletxes de la paret de roca. I allí, esperant una presa amb la boca oberta, hi havia una morena. El cor va accelerar el ritme de batecs i vaig haver de sortir a agafar aire. Només uns segons després ja havia pres la decisió d'enfrontar-me a aquell animal que sabia perillós. Em vaig tornar a submergir i vaig encarar-me de dret a l'escletxa on la morena s'amagava. Seguia allí, tal com l'havia deixada, amb la boca oberta, mostrant-me les seves dents afilades com punta d'agulla. L'arpó, rapidíssim, li va entrar boca endins i li va perforar la mandíbula inferior. Vaig estirar la corda que uneix l'arpó amb el fusell i vaig sentir la seva força, debatent-se. Vaig sortir a la superfície amb un extrem de l'arpó a la mà i l'animal enganxat a l'altre extrem fent uns cops de cua tan forts que vaig pensar que se m'escaparia. Vaig enfilar-me tan de pressa com vaig poder a les roques més pròximes, espantat per les dimensions de la bèstia que acabava de caçar, i vaig cridar els meus companys alhora que mantenia la punta de l'arpó ben subjecta contra la roca, lluitant amb la força de la morena, que es caragolava impetuosament com una serp negra i gruixuda, horrible.

En Pep, en Marc, l'Arnau i l'Ignasi, que havien vingut corrent, atrets pels meus crits, es van quedar bocabadats en veure l'animal que encara es debatia furiosament. En Litos va aparèixer uns moments després, mostrant-nos un pop que acabava d'enforquillar i jo em vaig posar a riure amb unes riallades gairebé histèriques provocades per l'excitació i la por que havia passat.

Quan vaig arribar a casa amb aquell animalot, la mare es va llençar les mans al cap.

—Que t'has tornat ximple? Com t'has atrevit a disparar contra una morena?, que no ho saps, que són molt perilloses?

L'Andrea i l'Aline també van quedar sense respiració. La visió d'aquell animal era un impacte: feia més d'un metre de llargada i pesava tres quilos.

Em vaig sentir molt satisfet, aquell dia. Sé que sempre recordaré l'expressió d'admiració que va dedicar-me la meva cosina i que em va recórrer el cos, com un calfred.

9

La Marta es va enfadar molt, el dia que en Jordi va caçar la morena. Jo també vaig pensar que aquella boca farcida de dents punxegudes hauria pogut fer mal de debò al meu cosí, però les dimensions i la perillositat d'aquell animal em van descobrir la sang freda i la valentia d'en Jordi, i em va agradar que fos així.

La Marta va dir-nos que ella no en volia saber res, d'aquell animal, que ens encarreguéssim nosaltres de netejar-lo i tallar-lo a rodanxes per coure'l. Vaig entendre molt bé que no el volgués ni tocar perquè realment feia angúnia.

El que no faríem, segur, era llençar la morena a les escombraries i, si ens la volíem menjar, no teníem altre remei que embrutar-nos les mans. Primer en Jordi va tallar-li el cap i li va obrir el ventre per treure-li les entranyes. L'Andrea va separar, amb les tisores, la pell de l'extrem per on el seu germà havia tallat i els tres, estirant amb totes les nostres forces, vam aconseguir arrencar tota la pell sencera, com si traguéssim un guant.

Després vam tallar a trossos l'animal, que ja no tenia mala aparença sense la pell negra, i li vam dir a la Marta que ja podia encendre els fogons.

La carn de la morena no és massa bona, però la Marta, excel·lent cuinera, va guisar-la amb un suquet deliciós. Mentre dinàvem, però, li va deixar ben clar al seu fill que si pescava una altra morena li retiraria la paraula.

Ja sé que és ben absurd, però jo, aquell dia, vaig tenir la sensació que en Jordi havia caçat aquell peix tan perillós per oferir-me'l a mi.

* * *

La tranquil·litat que havíem respirat a casa, en Jordi i jo, va ser transitòria. Ja feia dies que el meu germà se l'estava buscant: protestava, discutia, s'enfadava... Qualsevol petita cosa li servia de detonant per a donar pas a una de les nostres eternes baralles. Jo estava de bastant bon humor i moltes vegades no em deixava provocar, però aquell dia em va fer enfadar de valent.

Era un vespre de dissabte. La mare havia sortit a sopar amb l'Alícia i la Maria, dues amigues seves. Nosaltres vam decidir que ens faríem un pa amb tomàquet per acompanyar les truites... En això estàvem, tots tres a la cuina, preparant el nostre sopar en un ambient que no presagiava la tempesta que es va desencadenar.

Tot va començar amb un comentari que vaig fer entorn de la Mari-Lo, la qual no vèiem des de feia una setmana.

—Vés a saber què fan, la Mari-Lo i la Sandra, cada nit voltant per les discoteques de Platja d'Aro...

—No és pas cosa teva, el que facin —va dir en Jordi amb un to desagradable que no venia al cas.

—No, ja ho sé, que no és cosa meva, però si després torna somicant...

—Bona és la Mari-Lo per a somicar! Tornarà i prou: la seguirem aguantant, com sempre!

—No ets tu qui l'aguanta —em va irritar el seu sarcasme.

—Que no? —el meu germà, sense solta ni volta, va semblar enfurismar-se—. I tant, que l'aguanto! Tot l'estiu que em va al darrere com una papallona! És insuportable! No saps com m'alegra que la tal Sandra se la carregui...

—Doncs jo penso que només li faltava aquesta. No li pot fer cap bé...

—Tampoc tu no li fas cap bé: ella és com és i ja està!

—Què n'has de saber, tu!

—Nena, és evident!

En Jordi sabia que em molestava molt que em digués «nena».

—No em diguis nena! —vaig saltar.

—Per què no? Ets la nena de la mama, no?

—Sí, com tu ets el nen!

Vaig trencar l'ou que tenia a la mà, per fer una truita, amb tan mala fortuna que la meitat de la clara no va anar a parar al plat sinó que es va vessar per damunt el marbre de la cuina.

—Ei, compte amb el que fas!

Com que ja estava desfermat el mal aire, vaig contestar:

—Com si tu fossis la perfecció en persona, xato!

L'Aline, sense aixecar els ulls del pa amb tomàquet que estava amanint, va intervenir:

—Au, no us baralleu... —i el seu to conciliador em va crispar encara més.

—Com vols que no em baralli amb aquest imbècil?

—Mira qui parla! No saps fer ni una truita, nena!

—Que no em diguis nena!

—No ets tu qui ha de decidir què puc i què no puc dir!

—No, jo no sóc ningú, en aquesta casa, oi? Doncs me'n vaig! No hi ha qui t'aguanti!

Segurament no n'hi havia per tant, però les coses van anar així, necessitava fer un cop de porta. Vaig marxar de casa sense rumiar-m'ho gens ni mica. Estava enfadada i creia, de debò, que el meu germà era un imbècil total.

El Passeig estava poc concorregut perquè era l'hora de sopar. Vaig decidir que una mica de *footing* m'aniria bastant bé. Pensava estar fora de casa una llarga estona, prou llarga perquè en Jordi es preocupés i tingués remordiments de consciència. S'ho havia guanyat!

* * *

Va ser, qui ho havia de dir, una d'aquelles baralles absurdes amb l'Andrea, el que va desencadenar els esdeveniments que jo havia intentat evitar.

La meva germana va marxar de l'apartament, després d'obsequiar-me amb un sonor cop de porta, enfadada i farta d'aguantar la meva actitud bel·ligerant. Tenia tota la raó del món, ho haig de reconèixer. Aquells dies estava molt neguitós, molt poc satisfet amb mi mateix i tenia un humor pèssim.

L'Aline en tenia la culpa.

L'Aline, que s'havia quedat ben desconcertada amb el cop de porta de l'Andrea, que no sabia si quedar-se o marxar a buscar-la per tranquil·litzar-la.

—Mais, tu vois... —quan estava nerviosa parlava en francès—. C'est pour quoi que vous êtes comme ça? Què et passa amb la teva germana? L'has feta enfadar per una ximpleria de no res... No us puc entendre...

Jo estava alterat per aquella discussió absurda i no es pot dir que tingués les facultats massa clares, o potser massa clares que les tenia, perquè vaig tirar pel dret:

—Amb la meva germana no em passa res! —em vaig encarar amb ella, amb els seus ulls interrogants—. És amb tu amb qui em passa alguna cosa!

Ja estava. Sense voler-ho, sense buscar-ho, havia fet el primer pas cap a ella. Ara ja no tiraria enrere.

Ella, encara amb el setrill a la mà, se'm mirava amb incredulitat. Era evident que no havia interpretat bé les meves paraules.

—Què dius? Què t'he fet, jo? —estava compungida, pensant segurament que m'havia fet enfadar i no sabia per què.

—No saps què m'has fet? —el meu to de veu s'havia endolcit del tot, era un murmuri.

Va entendre el que intentava dir-li i va fer un somriure tristoi.

—Jordi... Jo no voldria...

Va desviar els seus ulls dels meus. Va abaixar el cap, vençuda.

I jo, llençat cap a allò que sabia inevitable, vaig avançar una mà lentament, com en un somni, i li vaig tocar lleument una galta. Va tornar a aixecar el cap i els seus ulls brillaven amarats de llàgrimes.

—T'estimo, Aline.

Va venir als meus braços, que l'esperaven, i vaig sentir el seu plor silent vessant-se sense aturador en la nostra primera abraçada. La meva mà acariciava els seus cabells curts, s'hi enredava, s'hi fonia. Era dolç tenir-la així, finalment, malgrat tot, tan meva.

—Et passa el mateix que a mi, eh? —vaig dir-li a cau d'orella—. No vols sentir el que sents. Et fa mal... Però no ploris, no vull que ploris...

Després d'uns minuts llargs es va asserenar una mica i em va mirar, amb els ulls encara plens de plor, sense deixar d'abraçar-me.

—Això no hauria d'haver passat... —va dir fluixet—. Jo m'he esforçat tant perquè no passés!

—També jo m'he resistit molt a acceptar-ho. Sé que no ens durà enlloc, que tu marxaràs... Però, deixa'm estimar-te, encara que només ens quedin vuit dies, deixa'm estimar-te...

—Serà pitjor, després... No sé com podré anar-me'n, després d'això...

—Oblidem-ho, oblidem que has de tornar a casa teva. No en parlem més, d'acord? Hem de viure el que la vida ens ofereix ara... El que sento per tu és massa bonic per a pretendre ignorar-ho. Serà dur, quan te'n vagis, però crec que seria pitjor que haguessis marxat sense haver-te dit el que sento per tu. Sempre m'hauria quedat la recança...

—Mais ça c'est tellement...! No saps com t'enyoraré, Jordi...

—No ho diguis, oblidem-ho, fem que el futur no existeixi...

Ens miràvem de dret al fons dels ulls, assedegats l'un de l'altre després de tants dies de negar-nos allò que desitjàvem tan vivament. Tantes vegades havia evitat la seva mirada!

—Fem que el futur no existeixi, Aline —vaig repetir.

Ens vam besar com si aquella primera vegada hagués de ser, també, l'última. Em vaig abocar sencer, tot jo, en aquell petó. I ella tremolava entre els meus braços, incrèdula encara, lliurant-se a mi en un somni que, ho sabíem, havia de tenir un mal despertar.

10

Quan veia com el meu cosí m'evitava, com defugia la meva companyia, pensava que jo no li importava gens. L'Andrea m'havia parlat de la Marina i aquell nom esborrava totes les meves esperances. I si no hagués existit la Marina, tampoc no hauria deixat créixer cap il·lusió perquè la distància que ens havia de separar era sòlida, real, palpable, indefugible.

Però no es pot nedar contra corrent, no es pot negar el que és evident, no es poden ignorar els sentiments que lluiten per manifestar-se. I en Jordi, un vespre, després d'una absurda discussió amb l'Andrea, no va poder reprimir més temps allò que des de feia dies el feia sentir infeliç.

L'amor, que havia nascut a contracor, va esclatar dolorosament. Vaig plorar entre els seus braços mentre dues realitats contraposades lluitaven dins el meu cap en una disputa sense resposta: la felicitat que em causava la descoberta dels sentiments del meu cosí i la data ineludible que hauria de posar el punt final al nostre amor.

Em va dir:

—Oblida que has de marxar... Fem que el futur no existeixi...

I jo hauria volgut fer-li cas, esborrar del calendari el dia que m'allunyaria d'ell. Però no era possible: seguia allí, martiritzant-me, trenta-u de juliol, el dia que hauria de tornar a casa meva.

Ens vam besar amb un petó carregat de matisos, primer dolç i suau com el vellut granat, després amb urgència, amb l'avidesa que comporta el temps determinat, el temps que s'acaba. I vaig saber que, malgrat tots els factors en contra, no podria renunciar a la promesa d'una felicitat creixent que bategava amb força en aquell primer petó.

—Què farem?

Els seus ulls brillaven, plens de lluminositats desconegudes.

—Ens estimarem, Aline. Ens estimarem intensament... sense pensar en res més. Ho sabràs fer així?

—No, no en sabré.

—I després, ens estimarem en la distància...

—No podré.

—I quan ens tornem a veure...

—Quan ens tornarem a veure? Oh, Jordi! No puc, no podré...

M'angoixava pensar en el temps, tan llarg, tan espès, tan buit. Mesos i mesos d'absència pesant, densa, impossible. Vaig abraçar-me a ell fortament, com si s'hagués de fer fonedís en aquell mateix instant, com si la força de la meva abraçada pogués conjurar el temps i la distància, les dues paraules que més mal em causaven.

Em vaig sentir una mica millor.

—Em penedeixo de totes aquestes hores que he perdut, entestant-me a fugir del teu costat —em va dir—. El dia que vas anar a Empúries, no sé com vaig poder quedar-me aquí, sol, enyorant-te...

—Aquell dia, la teva mare va dir que em portaria a Cadaqués, en una altra ocasió. I saps què vaig pensar? Vaig pensar que em seria insuportable passar un altre dia sencer sense tu...

Va somriure. Hi havia una barreja de tristesa i d'alegria als seus ulls.

—Ho veus? Ens hem comportat ben estúpidament, tots dos. L'únic que hem aconseguit és perdre el temps. Quin luxe! Qualsevol diria que ens en sobra, de temps! T'ho hauria hagut de dir l'altre dia, a La Fosca... Almenys hauria estat més romàntic que aquí, a la cuina, i em va resultar tan dur, aquella nit, no poder explicar-te el que sentia! Estaves allà, asseguda a la sorra, mirant el mar... i jo et veia d'esquena... No saps com vaig desitjar besar-te!

—Doncs jo estava segura que... que pensaves en una altra noia.

Se'm va mirar sorprès, amb la rialla als ulls.

—En una altra noia? Per què?

Vaig dubtar si li ho havia de dir o no.

—L'Andrea, un dia, em va parlar d'una companya teva, de l'institut...

—La Marina?

Vaig assentir amb el cap.

—És cert que m'havia agradat, la Marina. Però, des que vas arribar... Has canviat alguna cosa en mi, Aline.

Ens vam tornar a besar.

—La cuina és un lloc ben romàntic —vaig observar. I tots dos, feliços, ens vam posar a riure.

* * *

Després d'una llarga estona de parlar i de besar-nos, l'Aline es va recordar de l'Andrea, del seu cop de porta, i em va dir que hauríem d'anar a buscar-la.

—Sí. A fi de comptes ha estat gràcies a ella

que t'he pogut parlar del que sento... encara que la seva intenció no era aquesta...

Vam sortir al carrer, agafats de la mà. Era una sensació esplèndida: volia que tothom sabés que l'Aline i jo ens estimàvem.

—On deu haver anat?

—No t'hi amoïnis gaire. Sigui on sigui, no trigarà a tornar a casa: la gana la farà córrer.

Vam caminar Passeig enllà. L'Andrea no era a la vista. La vam trobar després d'un quart de caminar. Venia en la nostra direcció, corrent.

—Però, què caram...? —va deixar la pregunta en l'aire, sorpresa en veure'ns agafats de la mà.

—Ja ho veus: les nostres discussions tenen resultats molt positius —vaig dir rient.

I l'Aline, feliç, va afegir:

—No se'ns pot deixar sols!

—Ho sabia! Sabia que això havia de passar! —va cridar l'Andrea—. No em digueu que no és romàntic! M'ho ensumava, jo! Que bo!

La meva germana, que al llarg d'aquelles setmanes s'havia fet amiga inseparable de l'Aline, malgrat totes les previsions inicials, estava engrescada amb els esdeveniments. Ens va abraçar tots dos i va insistir:

—Sabia que passaria! No em demaneu per què, però ho sabia!

Aquella nit, quan vam sortir amb els de la colla ens van ploure les felicitacions. Tothom estava encantat. Afortunadament ningú no va preguntar com ens ho faríem quan l'Aline se'n tornés a casa seva, encara que, suposo, tots ho van tenir al cap.

Jo volia oblidar-ho, com si la data que se l'havia d'endur del meu costat no existís. Únicament pensava que havia de viure plenament els dies i les hores que ens quedaven.

Però era molt difícil ignorar aquella realitat: només teníem vuit dies per a estimar-nos i després, mesos i mesos d'absència dolorosa que no em creia capaç de suportar. Cada vegada que em venia al cap el pensament, cada vegada que recordava la tan pròxima data de la seva tornada a França, em preguntava com podríem ferho per superar aquella dilatada distància que, ben aviat, s'interposaria entre nosaltres. No m'entretenia gaire en aquella qüestió perquè sabia que era inútil dedicar aquell temps d'or que encara teníem a solucionar uns problemes que no tenien solució.

* * *

Va ser tota una sorpresa, la que em van donar en Jordi i l'Aline. De fet, no sé per quina raó, jo ja sospitava alguna cosa. Tant el meu germà com l'Aline havien estat nerviosos els darrers dies i es veia claríssim que s'evitaven sense cap motiu aparent.

Quan els vaig veure agafats de la mà, al Passeig, em va fer molta gràcia, vaig pensar que feien molt bona parella i només hi veia aspectes positius. Però, a la nit, després de fer molta gresca amb els de la colla, quan ens n'anàvem a dormir, l'Aline es va posar a plorar molt desconsolada.

—Però, què et passa, dona? —li vaig preguntar una mica espantada pel canvi tan radical de la seva actitud.

—No sé com podré anar-me'n... —va dir entre sanglots.

Jo no hi havia pensat. Que fort! Tenia tan assumida la seva presència al nostre costat que havia perdut de vista que se'n tornaria a França a finals de mes.

—El vaig estimar en silenci, sense dir-li-ho i, fins i tot, m'havia arribat a creure que jo no li importava gens, que estimava la Marina. Ja se'm feia dur, aleshores, pensar que hauria de marxar... Però, ara que sé que en Jordi m'estima, no imagino com podré suportar la separació.

No sabia què dir-li. Hauria volgut consolar-la.

—Val més que no hi pensis, ara... Quan arribi el moment ja sabràs com fer-hi front...

Va somriure tristament.

—Sí, val més que no hi pensi —va sospirar.

Va trigar molta estona a adormir-se. Jo també estava excitada amb les novetats i vaig donar moltes voltes al llit abans no vaig agafar el son. Vaig sentir com l'Aline plorava en silenci, llargament i se'm va encomanar la seva tristesa. Em sabia greu per ella, per l'enyorança que sentiria. Però també em sabia greu per mi, perquè quan marxés la trobaria a faltar considerablement. Tant que m'havia empipat al principi, quan encara no la coneixia!

La mare se'n va adonar de seguida. En realitat, ho duien escrit als ulls, quan es miraven; no ho podien dissimular. De fet, l'amor que havia esclatat entre el meu germà i l'Aline era un amor per proclamar, no pas per ser amagat.

Mentre rentava els plats de l'esmorzar se'm va acostar, la mare, i va dir-me fluixet perquè en Jordi, que era al menjador, no la sentís:

—Què els passa, a aquests dos?

—A qui? —vaig tractar de despistar.

—Al teu germà i a l'Aline... En saps alguna cosa, tu?

Li vaig respondre l'únic que podia contestar per no ficar la pota. No sabia si en Jordi i l'Aline li ho volien explicar.

—Potser els ho hauries de preguntar a ells...

I ella, que ja ho tenia clar, se'n va anar de dret al meu germà i li va etzibar:

—Vols dir que no ho he de saber, jo? —ho va preguntar així, tan senzillament. No semblava estar gens disgustada, al contrari.

La resposta d'en Jordi em va arribar clarament. L'Aline també la va sentir perquè de seguida va aparèixer al menjador per fer-li costat.

—Doncs, mira... Hi ha coses que no es poden evitar i l'Aline i jo... Bé, vam estar parlant i...

—No ho hem buscat, Marta —vaig sentir la veu de la meva cosina, clara i serena.

I la mare no va poder dissimular un deix d'il·lusió en la seva veu:

—Vaja, nois... No serà pas fàcil, això...

Va ser molt comprensiva amb ells. Suposo que se sentia responsable del que li pogués passar a la filla de la seva cosina Berta, però no es va dedicar a vigilar els moviments de la parella ni els va atabalar amb sermons passats de rosca. Només els va dir, aquell mateix matí, que esperava que tots dos fossin assenyats. De vegades li he sentit a dir, a la mare, que ella confia en l'educació que, dia rere dia, ens ha donat. Per tant, suposo que va confiar que el meu germà no aniria massa enllà amb l'Aline i va fer els ulls grossos a les situacions delicades, com ara que es quedessin sols a l'apartament o que se n'anessin a passar el dia, tots dos sols, a Cadaqués.

De tota manera, no en devia estar completament segura perquè un dia d'aquells ella i jo vam anar a comprar i havíem deixat en Jordi i l'Aline a l'apartament, perillosament sols. Em va dir:

—Espero que en Jordi sàpiga fins a on pot arribar...

I jo vaig contestar amb tota la meva gràcia:

—En Jordi sí que ho sap, però què me'n dius de l'Aline?

La mare es va posar a riure.

—Fan molt bona parella. L'Aline és una noia estupenda, molt assenyada, molt centrada... Però no crec que aquesta relació pugui sobreviure als entrebancs amb què es trobaran. És un disbarat! La Berta em renyarà quan sàpiga com ha anat tot això... Si m'hagués passat pel cap aquesta possibilitat, ni se m'hauria acudit de proposar-li que vingués!

—Tant que ens vam enfadar quan ens vas dir que l'havies convidada, te'n recordes?

—És clar que me'n recordo! I en Jordi, justament, va passar els primers dies escaquejant-se. No en volia saber res, de l'Aline... Però va ser arribar aquí i començar a canviar les coses. Et penses que no me n'havia adonat, jo, que els passava alguna cosa estranya?

Ai, les mares! Sovint penso que quan ens miren ens veuen transparents, amb tot el que pensem i sentim absolutament a la vista.

—Tu creus que tenen algun futur? —li vaig preguntar seriosament.

La mare no va contestar de seguida, com si valorés el que havia de respondre. Finalment, convençuda, va dir:

—Sí. Jo crec que se'n sortiran...

11

Quan veia l'Aline tan enamorada, quan em parlava del dolor que li causaria la separació ineludible, quan sorprenia els somriures i les mirades que s'adreçaven, el meu germà i ella, m'adonava que hi havia en el seu amor alguns ingredients que a mi, amb l'Ignasi, em faltaven. Igual com la mare, jo estava convençuda que l'Aline i en Jordi superarien tots els entrebancs que tinguessin, i mira que la distància que els separaria era un bon obstacle... Però veia el seu amor tan sòlid, tan poderós que els faria tirar endavant, fos com fos. En canvi, la meva relació amb l'Ignasi era molt més precària, més superficial. Envejava una mica l'Aline perquè ella vivia l'amor amb una intensitat que jo desconeixia; no em veia capaç de lluitar amb tota la meva voluntat per superar les dificultats, sabia que qualsevol contrarietat podria fer-me desertar. No vull dir, amb això, que la meva relació amb l'Ignasi no fos autèntica sinó que, en comparar-la amb els sentiments que enllaçaven en Jordi i l'Aline, vaig ser conscient que els lligams que m'unien a l'Ignasi no tenien la fortalesa necessària per a sobreviure a les tempestes.

La darrera setmana de juliol va passar molt de pressa. En Jordi, que no deixava l'Aline de petja, venia a la platja amb nosaltres, els matins, i a la tarda se'ns afegia l'Ignasi. Tots quatre anàvem a fer un volt, amb les motos o a peu, i els vespres, per no variar, sortíem amb la resta de la colla.

Una nit va tornar la Mari-Lo, tal com jo havia pronosticat, queixant-se de l'egoisme de la Sandra que l'havia deixada tirada en una discoteca de Platja d'Aro perquè havia conegut un noi que li va fer peça i se'n va anar amb ell sense pensar que la Mari-Lo no tenia cotxe per tornar a Palamós.

—Era d'esperar —li vaig dir—. Ja es veia que la Sandra només et volia per no anar sola...

—Tu mai no em faries una cosa així —va reconèixer—. Ets una bona amiga...

No li vaig dir el que pensava perquè no valia la pena.

—Sí, de mica en mica vas coneixent les persones i saps de qui et pots refiar i de qui no —vaig concloure irònicament.

No sé si va captar la indirecta.

Potser hauria hagut de ser més contundent amb ella però, no sé ben bé per què, intuïa que, sota aquell posat de superficialitat que adoptava, hi havia alguna cosa de molt fràgil que no s'havia de trencar. Endevinava, mig conscientment, mig inconscientment, que davant la Mari-Lo s'obrien dos camins ben diferents: un podia ser la seva perdició; l'altre, la seva felicitat. M'adonava també del paper que jo jugava en la tria dels camins, com si pogués fer inclinar la balança en un sentit o en un altre. Vaig dedicar la resta de l'estiu a ser comprensiva amb ella, a suportar el seu caràcter no sempre agradable i a fer-li veure que, encara que ella no n'estigués gaire convençuda, la vida estava plena de relacions autèntiques, de les que valen la pena.

Va ser arran d'aquell estiu que ens vam donar les adreces i els números de telèfon de Barcelona i no vam deixar que passés tot l'hivern sense trobar-nos, com havíem fet els anys anteriors. La nostra amistat es va consolidar i vull creure que això va fer possible que la Mari-Lo no prengués el camí equivocat. Potser és una manca de modèstia, però ella mateixa, un dia que tenia especialment pujada de to la sinceritat, em va donar les gràcies per suportar-la i ajudar-la. No m'havia dit mai res de semblant i em vaig quedar tan bocabadada que no vaig saber què contestar.

* * *

No va ser la Marta qui em va portar a Cadaqués sinó en Jordi. A la Marta no li agradava gaire que el seu fill anés amunt i avall amb la moto, però va ser molt permissiva aquells dies.

La idea d'anar a passar tot un dia fora va ser d'en Jordi i jo vaig dubtar una mica abans d'acceptar-la perquè em sabia greu deixar sola l'Andrea. Però la meva cosina em va dir que el que havia de fer era aprofitar els pocs dies que em quedaven al costat del seu germà i que ella ja s'ho muntaria per no avorrir-se.

Vam marxar a mig matí i vam gaudir d'un dia inoblidable. M'encantava fer camí amb en Jordi, agafada fortament a la seva cintura. La carretera s'enfilava muntanya amunt i a la nostra dreta s'obrien estimballs fondos, però jo em sentia del tot segura i tranquil·la. Em fascinava la sensació de posar la meva vida a les seves mans...

Cadaqués és un poble preciós, blanc, a ran de mar. Vam passejar pels carrers estrets i ens vam sentir lliures i feliços. Abans de dinar en un petit restaurant d'ambient mariner ens vam banyar divinament en una caleta plena de roques. L'aigua era nítida i el fons rocallós allotjava una gran quantitat de peixos que no van semblar gens disgustats amb la nostra presència.

Ens vam besar, a l'aigua, amb una dolcesa màgica que va acompanyar-nos la resta del dia.

Tots dos havíem fet un pacte de silenci entorn del tema de la nostra imminent separació. Però aquella tarda, quan passejàvem per Cadaqués, tot resseguint la costa, en Jordi, amb una calidesa de veu infinita, em va dir:

—Mai no hi haurà distància entre nosaltres...

I vaig saber que tenia raó, que els mil quilòmetres que aviat ens separarien no serien mai un obstacle.

Aquell dia li vaig donar l'anell de plata amb la pedra negra que no m'havia tret del dit en tot l'estiu. Me l'estimava moltíssim, aquell anell, perquè va ser l'últim regal que em va fer l'àvia Florence, pocs mesos abans de morir.

—Vull que et quedis alguna cosa meva —li vaig dir.

I ell em va abraçar en silenci, tendrament.

—El portaré sempre —va dir després, amb la veu enrogallada.

Dos dies més tard vaig fer la maleta i, amb els ulls tancats per reprimir les llàgrimes, vaig dir adéu a Palamós. L'endemà, en agafar el tren que m'havia de tornar a casa, hauria de dir, també, adéu a en Jordi i sabia que no podria fer res per aturar el meu plor.

* * *

Se'n va anar, tal com estava previst, el dia trenta-u de juliol, un dilluns.

La mare i l'Andrea també van venir a l'estació, però ens van deixar sols amb l'excusa de comprar unes revistes perquè l'Aline es distragués durant el viatge.

Volia dir-li moltes coses, volia que se n'anés amb el cap ple de frases boniques per recordar. Però no em naixien les paraules.

Li vaig agafar les mans i vaig mirar els seus ulls, tan brillants. Pensava que havia de guardar ben endins la seva imatge perquè passarien molts dies abans no la tornés a veure.

—Pensaré en tu —li vaig dir només.

I ella, desconsolada, va començar a plorar.